AF191419

ADRI SMITS

DE AARD VAN'T BEESTJE

Een verwerkingsproces of
ontkenning?

novum pro

www.novumpublishing.nl

© 2023 novum publishing

ISBN 978-3-99131-897-2
Geredigeerd door: Ine van Gerwe
Omslagfotos: Perseomedusa,
Flas100 | Dreamstime.com
Ontwerp omslag, lay-out & typografie:
novum publishing

www.novumpublishing.nl

Climate neutral
Print product
ClimatePartner.com/16547-2201-1002

Inhoud

HOOFDSTUK 1

Plannen

Hoe ga ik dit in godsnaam aanpakken?

Het is een persoonlijk dilemma waar ik me voor geplaatst zie, en voorlopig lijkt alles erop dat het nog zo zal blijven ook. Mijn karakter zit me hierbij danig in de weg, denk ik; het fijn vinden om me dienstbaar op te stellen, de ander het naar de zin te maken enerzijds en anderzijds wat ikzelf als prioriteit stel om het mijzelf naar de zin te maken. Daar zit momenteel een tweestrijd die ik met mijzelf aan het voeren ben. Wat er ook als overwinnaar uit deze strijd zal komen; de gewenste rust die hoort bij een eenmaal genomen besluit lijkt met de minuut verder weg omdat ik juist die beslissing maar niet kan nemen. Verdomme nog aan toe. Vertwijfeld haal ik mijn handen over mijn gezicht alsof de afloop van die handeling zal leiden tot de oplossing.

Het begon zo leuk, een paar dagen geleden, met het plannen van een fietsroute, en hoe eenvoudig kan dat zijn. Zeker als mijn reisgenoot mij tot nu toe altijd het vertrouwen heeft gegeven dat het wel goed is ongeacht hoe of waar we zullen fietsen. Toch is er nu een klein verschil. Of klein, het is maar in welk perspectief je deze te nemen keuze plaatst. En dit ook nog eens betitelen als een dilemma maakt het er niet kleiner op.

En waarom? Alleen maar omdat mijn gevoel – het denken aan iets over wat zich in een recent verleden heeft afgespeeld – gemanipuleerd wordt door mijn omgeving. Het maakt voor mij eens te meer duidelijk dat er mensen zijn die vinden dat ze geleefd worden als hun omgeving er iets van vindt. En ja, of ik dat nu wil of niet, bewust of onbewust, het beïnvloedt ook mijn doen en laten. Dat recente verleden waar mijn reisgenoot eigenlijk geen deel van uitmaakt, maar waar mijn beslissing om dat verleden af te handelen wel degelijk te maken zou kunnen hebben met zijn vakantiebeleving. Het betekent namelijk een onlogische ingreep in de route die bij hem vragen zal oproepen. En als ik die keuze maak – hem vooraf dus niets hierover vertel – zie ik nog wel mogelijkheden om met een smoesje de ware reden van deze ingreep verborgen te houden als het eenmaal zover is. Maar als de ander niet wordt ingelicht over mijn planning, dan heeft dat natuurlijk ook consequenties. Welke? Geen idee, wist ik het maar. En het zijn die vragen die maken dat ik maar blijf twijfelen of ik er goed aan doe. De eerste vraag is welke gevolgen mijn beslissing kan hebben voor mijzelf. De andere vraag betreft mijn vriend en reisgenoot, en of ik hem wel of niet moet inlichten over deze dubbele agenda. Kortom, als ik vooraf vertel wat mijn bedoeling is, moet ik van alles gaan uitleggen, goedpraten, hem misschien wel overhalen. Of misschien ook wel niet. Vertel ik het hem pas later, en stel hem voor het voldongen feit, kan ook dat weer leiden tot een situatie die vraagt om mijn al dan niet aanwezige diplomatieke vaardigheden in te zetten. Pffff. Ik blaas mijn adem hoorbaar uit om wat spanningen te ventileren. Kom er maar eens uit. Maar vooruit, nog één keer zuchten, en dan neem ik een besluit.

Dit jaar is het de laatste mogelijkheid om met de fiets in een slaaptrein op vakantie te kunnen. Voor mij persoonlijk is dat jammer want het brengt mijn grote liefde om in de bergen te fietsen wederom een stuk verder weg. Wederom? Jazeker. Jaren geleden had ik de mogelijkheid in de Vogezen te kamperen, en een uitstapje te maken naar een paar Franse alpen bekend uit de Tour de France.

Een jaar later zijn we naar Zwitserland gegaan. Die ontdekking van het fietsen in het hooggebergte bracht mijn liefde voor het fietsen in de vakanties op een heel ander level. Maar na Zwitserland was het een aantal jaren behelpen. Het kon niet meer met de auto omdat mijn vriendschap met de toenmalige fietsvriend, beëindigd was. Om toch geaccidenteerd terrein te vinden, was ik op de trein aangewezen. Ik herinner mij de capriolen van het in- en uitstappen van treinen, om na een dag van staan tegen en hangen aan een volgeladen fiets eindelijk op een plek te zijn die de vergelijking met Limburg gemakkelijk aankon. En ik moest ook nog eens terug. Twee dagen vakantie naar de filistijnen. En waar bracht het mij?

Tot ik ontdekte dat er een trein bestond die ook 's nachts reed, over een rijdende fietsenstalling beschikte, en waarin een slaapplaats kon worden gereserveerd. Dus twee dagen winst met een niet onbelangrijk ander voordeel, uitstappen in Zürich aan de voet van een berg. Daarbij ook nog eens: de Alpen van Zwitserland, Duitsland en Oostenrijk vind ik een stuk mooier om te fietsen dan die zusjes in Frankrijk. Door de eerste kennismaking met de Alpen van Zwitserland kwam ik erachter dat het in Frankrijk alleen maar om de naam van de beklimming gaat. Met dank aan de televisiebeelden tijdens een panoramavlucht Tour de France. Neem nu de zogenaamde Nederlands berg, de Alp d'Huez. Een beklimming voor watjes. Terecht een goededoelenberg. Gemakkelijk een paar keer per dag te beklimmen voor de fietser zonder bilen met tekort aan ontwikkelde beenspieren veroorzaakt door de verminderde weerstand opgedaan in een windstille fitnessruimte. De ervaren fietser, wel duidelijk voorzien van de benodigde spierpartijen op de juiste plekken, kan daar de zes, zeven keer op en af gemakkelijk halen. De verwachting die gewekt wordt door de hype die rond die berg gecreëerd wordt, is voor mij persoonlijk niet beantwoord. Misschien is het stijgingspercentage in het begin een uitdaging maar voor de rest ligt die Alp op mijn schaal van waardering van één tot tien op een drie. Dan is het best jammer dat bijvoorbeeld de Ronde van Zwitserland zo weinig aandacht krijgt. Die beklimmingen zijn echt mooi. Maar ja, de macht van de commercie, wat doe je eraan? Tevens is tijdens een verblijf in Frankrijk mijn aversie tegen zijn inwoners ontstaan met hun chauvinisme en arrogantie. Zoals ik de Fransen heb leren kennen is dat beeld hardnekkig blijvend in mijn langetermijngeheugen opgeslagen. En ja, ik weet het, een vooroordeel. Maar nogmaals, hardnekkig. Wat een verkeerde ervaring niet teweeg kan brengen. Hoe ik in mijn dagelijkse leven ook mijn best doe vooroordelen weg te drukken naar de meest donkere uithoek van mijn bewustzijn, deze blijft. Dus wat een uitkomst was die trein.

Maar helaas. De trein wordt deels opgegeven; niet meer rendabel genoeg, en lastig te plannen in het reguliere dienstrooster van de spoorwegen. Vooral in Nederland want eenmaal een stuk gevorderd in Duitsland valt daar de nacht en is het minder druk op het spoor. Het is ook gelijk meer dan waarschijnlijk mijn laatste kans om bergen boven de 2000 meter op te nemen in de route.

En vanwege die laatste kans, ook de laatste kans om … ja, om wat te doen eigenlijk?

Een aantal jaar geleden is een toenmalige fietsvriend voor mijn ogen dodelijk verongelukt in Noord-Italië. Dat ongeval is nu echter niet meer dan een vage herinnering. Deze komt alleen weer ter sprake als daar een aanleiding toe is. Als zich dan die aanleiding voordoet, word ik geconfronteerd met reacties uit mijn omgeving die vindt dat ik nogal wat heb meegemaakt. Woorden als onvoorstelbaar, verschrikkelijk of onbeschrijfelijk kan ik begrijpen, vragen naar mijn reactie daarop worden al lastiger. Als ze het hebben over of ik er nog vaak aan moet denken en of ik wel kan slapen, maken al die opmerkingen bij elkaar schuldgevoelens bij mij los. Schuldgevoelens; niet over hetgeen gebeurd is, maar dat het gebeuren niet zoveel invloed heeft op mijn emoties. Ik voel me schuldig dat ik niets herken van wat er gezegd wordt. Als ik de ontzetting van de ander lees in de ogen of het verschijnt in hun mimiek herken ik dat niet als zodanig bij mijzelf. Mij aankijken met een blik van medeleven is ook iets wat ik maar al te goed herken. Dat wil ik niet alleen zien, neen, ik heb er ook naar gevraagd. Benieuwd naar wat de gedachte zou kunnen zijn achter die specifieke blik. En mijn aanname bleek maar al te vaak waar te zijn. Voor de ander geeft het gebeuren vooral aanleiding om mij te wijzen op wat voor gevoel dat bij henzelf oproept, zo lijkt het wel. Op zo'n moment is het dan best wel lastig manoeuvreren tussen eigen gevoelens en die van anderen. Onverschilligheid van mijn kant? Denk het niet. Maar een zekere mate van uitstraling van dat het van mij niet hoeft, zal er best zijn. Dus juist om die reden doe ik mijn uiterste best om een toneelspel op te voeren, en een gezicht op te zetten van ... ja, van wat eigenlijk? In ieder geval wil ik niet 'hard en kil' overkomen. Het is ook weer niet zo dat het me helemaal koud laat, maar het heeft geen emotionele impact op mijn gemoedstoestand meer. Echter, het is wel degelijk de oorzaak dat er op dat moment bij mij een vorm van schuldgevoel ontstaat dat dan enige tijd aan mij zit te knagen, mij oprecht afvragend waarom ik dat hele gebeuren zo gemakkelijk kan vergeten? En er zo gemakkelijk over kan praten? Er is mij in die tijd na terugkomst van die vakantie, hulp aangeboden door mijn werkgever, maar ikzelf vond dat het niet eens nodig was. Ik lag en lig nog steeds niet van het hele gebeuren echt wakker, laat staan dat ik badend in het angstzweet elke nacht een keer wakker schrik. Kortom, ik ben er haast van overtuigd geraakt dat ik het wel verwerkt heb, een plekje heb gegeven. Maar zoals gezegd, de geuite gevoelens die het bij een ander oproept zijn niet in overeenstemming met hoe ik me dan zou moeten voelen. Ben ik te nuchter? Te zakelijk? Is het onderdeel van mijn Zeeuwse aard? Is het de ontkenning of verdringing? En als het die laatste twee zijn, moet ik er dan iets mee om te voorkomen dat later in mijn leven die dingen alsnog een bepalende rol gaan spelen?

Dat allemaal is dus wel de reden om mijn route zo te plannen dat ik nog een keer langs de plek moet komen waar alles is gebeurd. Of ik geleefd word? Ik denk van wel, maar de toekomst moet het leren.

Vorig jaar heeft mijn huidige fietsmaat en vriend aangegeven de Dolomieten nog een keer te willen trotseren. En in die aanloop ken ik wel een route door een schitterend natuurgebied. Slechts een kleine aanpassing in de route, en we komen dan weer langs de plaats waar dat ongeluk heeft plaatsgevonden. Het idee om dat zo te organiseren, krijgt mij steeds meer in de greep, merk ik toch wel. Misschien heb ik het dus wel nodig want liggen er inderdaad onbewust onverwerkte processen te wachten om op een zwak moment mijn verdringingssysteem aan te vallen. Al zou dat dan jaren later kunnen zijn. Ik weet uit ervaring dat er mensen met traumatische ervaringen jaren later kunnen instorten. Al is het lastig voor te stellen dat het bij mij ook kan gebeuren, en heb dus toch maar besloten mijzelf op de proef te stellen. Alleen... Moet ik mijn vriend vertellen over mijn plannen en beweegreden? Na Rinus, de man die is verongelukt, ben ik weer wel het jaar daarop met de fiets op vakantie gegaan. Alleen. Dat deed ik ook al jaren daarvoor en dat had zeker zo zijn voordelen.

Een paar maanden na die soloreis zat ik met een aantal collega's op een terras te genieten van een periodiek genoegen, een Gouden Carolus. Tijdens die gelegenheid vroeg een van die collega's mij of hij een keer met mij mee mocht omdat die vorm van vakantie hem wel erg uitdagend leek.

Net nu ik weer de voordelen van het alleen rijden had ervaren. Het was een lastige afweging die in zijn voordeel werd beslist. Een paar goede afspraken vooraf hebben we van tevoren doorgesproken. En die eerste keer samen beviel zo goed dat we besloten dat we dit meer zouden doen. Het begin van een goede vriendschap. We kunnen bijvoorbeeld samen aardig aangeschoten raken na een goede maaltijd. Wat zeker een goede reden is om dat vriendschap te noemen.

Mijn fietsroutekaarten leg ik op een stapel naast de computer. Het zijn kaarten van meer dan tien jaar geleden, en toch blijken ze ieder jaar weer actueel genoeg om te gebruiken. Het zal onderweg weer wel tot hilariteit leiden als ik de gekreukte, bijgeplakte en aftandse kaarten open moet vouwen.

De route die ik ga fietsen, plan ik nu al enkele jaren met behulp van Google Maps. Gebleken is dat die manier van werken kan leiden tot soms onverwachte verrassingen. Maar het zijn juist ook deze niet voor te bereiden zaken die onze fietstochten een avontuurlijk karakter geven. Google Maps geeft aan dat het gekozen pad bereden kan worden met de fiets, maar in de praktijk is nu al een paar keer gebleken dat een paard beter uit de paardenhoeven zou kunnen op het geplande stuk weg dan een fietser. Of, als we geluk hebben, tenminste begaanbaar voor een wandelaar. Voor alle duidelijkheid, het gaat dan meestal wel over een door mij gevonden doorsteekmogelijkheid. Vooral in een bergachtig gebied of bos kan dat doorsteken erg handig zijn. De keuze die dan gemaakt moet worden ter plekke ziet er soms niet goed uit, maar dan toch maar proberen. Het aangewezen en gekozen pad is dan meestal alleen geschikt voor een paard of een mountainbike, blijkt het een drooggevallen beekbedding of, erger, een pad dat dan eigenlijk plotseling ophoudt te bestaan. Maar niet volgens Maps. Wonderlijk maar waar. Op de kaart komen dat soort weggetjes al helemaal niet voor. Het is ons echt een keer overkomen dat een aangegeven bospad langzaam veranderde in een karrespoor om vervolgens over te gaan in overwoekeringen. Eerst nog door gras en brandnetels, maar later ook door struikgewas. Met enig lef hebben we toen doorgezet omdat we verderop dachten geluid van verkeer waar te nemen. Wat ook gelukkig wel klopte.

Dus mijn bedoeling is om wederom een aantal van die mogelijkheden te plannen. Avontuur bijna gegarandeerd. Als de route deels is vastgelegd, controleer ik altijd of de kaart eventueel onderweg zou kunnen helpen. De bedoeling is dat we de kaart alleen maar gebruiken als we op een te laat tijdstip naar een slaapplaats moeten zoeken, en de route moeten verleggen naar een grote plaats met meer kans van slagen. Met het zoeken op zo'n telefoonschermpje verlies je al snel het overzicht als de digitale kaart vergroot moet worden.

Als ik een traject uitzet, verschijnt er een mooie blauwe lijn op mijn scherm. Het is nu alleen nog zaak dat ik met de blauwe lijn een beetje ga slepen zodat de route overgaat in de route die met het uur belangrijker voor mij lijkt te worden.

HOOFDSTUK 2

Het vertrek

Het is eindelijk zover, de fietsvakantie kan beginnen en dus als start: station Amsterdam C.S. We staan te wachten, en, zoals elk jaar, eigenlijk weer veel te vroeg. Maar je weet maar nooit, je zult de trein missen. Meer mensen denken blijkbaar net zoals wij. Het is namelijk al flink druk op het perron vanwaar onze trein moet vertrekken. We hebben dus ruim de tijd om eens goed om ons heen te kijken. Om te beginnen, zijn er lotgenoten te bespeuren? Vakantiegangers met onze ervaringen? Alleen als je even goed kijkt, herken je de reizigers met en zonder ervaring al snel. Uiteraard ook de ervaringsdeskundigen met de meeste zenuwen. Eerst de mensen zonder ervaring. Elk jaar weer staan ze daar tot op het uiterste randje van het perron om zich maar vooral als eerste straks naar binnen te kunnen vechten. Regelmatig buigen ze zich voorover; niet om de wegwerpmaatschappij tussen de rails te bewonderen, maar kijkend naar links en naar rechts met maar één vraag: waar blijft die trein? Duidelijk is ook dat de meesten geen idee hebben van welke kant dat ding moet komen. Na de teleurstelling van nog geen trein te zien, wordt vervolgens de pose weer ingenomen maar … Wederom op het uiterste randje van het perron. Met een lichte wanhoop in de ogen, het hoofd schuddend naar de ander die er blijkbaar bij hoort, om blijk te geven van: neen, nog steeds niet. Alsof de klok boven hun hoofd niet aangeeft dat het ook onmogelijk is dat die vurig gewenste trein er nu al zou kunnen zijn. Dan de mensen met wel ervaring. Ik kan ze niet ontwaren. Of wel, maar dan zijn het de spiegelneuronen die uitstekend hun werk doen.

Hoewel ik net als al die anderen, veel te vroeg hier sta, en het tafereel zo aanschouw, sta ik niet vooraan om straks beslist als eerste mijzelf naar binnen te wringen. Ik weet ook van welke kant die trein komt dus één enkele blik op het aangekondigde tijdstip in de juiste richting is voor mij afdoende. En dan mensen met die fietsen. Met je fietswiel bijna het perronrandje over om straks sowieso een stapje naar achteren te moeten doen. Nee, mij niet gezien. En het is tevens duidelijk; ik ben niet de enige die met een fiets op vakantie gaat met een trein die de gehele raillengte van perron 3A en B zal gaan bezetten. Toch moet het kolos van staal dat straks langs het perron parkeert, de ruimte krijgen.

Over een aantal minuten zal het dan ook gebeuren; alles dat op het randje staat, zal een stapje naar achteren moeten doen, want de kans van het overleven van een confrontatie tussen mens en massa is zeer gering. Waarom staan die mensen dan toch op die suïcidale manier geparkeerd?

En dan als eerste naar binnen willen? Iedere zingeving ontbreekt. Elke plaats in de trein van afwachting is een gereserveerde plaats. En toch lijkt het of ik het hoor zoemen: 'Ik eerst, ik eerst.' Ze doen maar. Het zal de vakantiestress zijn. Te laat om een wijlen Nederlandse quizmaster te vragen wat dat kan betekenen.

Of misschien meer mijn ervaring die de afstand neemt; weg van het gekrioel dat nu al, zonder trein, ontstaat. Wacht maar tot de trein echt komt.

Het bekende beeld al eerder geschetst: iedereen een stapje achteruit. Maar ja, de hele meute daar weer achter moet ook een stapje terug. En dan, o jee, mijn koffer, haar rugzak. Die moeten wel naast mij blijven staan. Stapje terug, o ja, die koffer vergeten, dat kan niet. Dus een greep naar het handvat, maar kan er niet meer bij, duwen, terugduwen, woedende blikken die over en weer worden uitgewisseld, gezellig zo'n begin van een vakantie.

De grote wijzer van de klok tikt het streepje 14 aan. Aankomst is 15 over. Ik hoef eigenlijk niet te kijken, maar toch wordt ook mijn blik steeds maar weer naar die frontaal aanwezige klok getrokken. Het is de magie van een klok. Kijken, nog eens kijken, checken met jouw tijd, en dat wetende, het maakt echt niets uit. Die trein komt heus wel of je hoort straks die blikken 06-stem met die hatelijke ondertoon, alsof ze er plezier in hebben, vertellen dat de trein naar München een vertraging heeft van tien minuten. Wat een fenomeen zou zijn want we staan aan het beginpunt van vertrek. Maar dan, een verandering in de rij van mensen. Om me heen gaat een hoorbaar gefluister door de ongeduldig wachtende mensenmassa.

'Daar komt ie, daar komt ie.'

Wij hebben gegokt dat dit jaar de wagon voor de fietsen in het achterste deel van het lange treinstel zal binnen rollen. Overigens is dat ook het deel dat naar München gaat. Dus wachten wij geduldig op het onzeker volkje dat nerveus op het laatste moment bedenkt dat ze beter twee meter op kunnen schuiven want daar zal de wagon met de deur wel eens kunnen stoppen. Het wordt een hele strijd om als eerste binnen te zijn.

Een kluwen van duwen en terugduwen. En ook het volgende weet ik te voorspellen na al die jaren.

Er wordt nog vlug op het boekingsbiljet gekeken; ik hoor ze zeggen: 'Rijtuig 218.' Gek eigenlijk, dat getal, realiseer ik mij ineens. Alsof er zoveel wagons mee zullen gaan.

'Verdorie Jan, daar gaat ie.' En ja hoor, rijtuig 218 rijdt door, zeker vijftig meter. Het gedrang op een paar vierkante meter kan beginnen. Ze gebruiken met z'n allen een smal randje perron op spoor drie. De andere kant, perron spoor vier, is totaal leeg. Wat een ruimte om op te schieten. En dat doen we dan ook. Want ook ons rijtuig stopte uiteraard niet precies voor onze neus. Hadden we ook niet op gerekend. Wij maken gretig gebruik van de lege helft van het perron. Dat schiet lekker op, constateer ik niet geheel zonder leedvermaak. En terwijl wij even later onze fietsen met de nodige bagage naar binnen werken, constateer ik vergenoegd dat we de eersten zijn. Het vraagt enige kennis van zaken om de fietsen te bevestigen in de haken die daarvoor speciaal zijn aangebracht. Als onze fietsen veilig hangen, kunnen we anderen gebruik laten maken van onze ervaring. Door de extra brede deur – hadden alle rijtuigen maar een dergelijke instap – kijk ik naar het perron waar een aantal mensen staat met fiets en wanhopige blik. Vooraan een man en vrouw op middelbare leeftijd, mijn leeftijd, maar dat realiseer ik me niet. Met enig bravoure, dat zal ik niet ontkennen, help ik de hulpeloos kijkende vrouw als eerste. Haar man wacht maar even. Of vriend. Of gewoon een reisgenoot? Vreemd dat vreemdgaan eveneens bij mij opkomt. De gedachte wat het kan zijn, speelt kort met mij. Ik laat in ieder geval het macho deel zien met welk een gemak ik omga met de ongemakkelijke bevestiging voor de fiets door in één vloeiende beweging haar fiets op te hangen. Het geluk is met mij, het gaat inderdaad in één keer, want anders?

En dan komt zo plotseling een op rivaliteit gebaseerde gedachte in mij op die ik spontaan omzet in een niet goed doordachte opmerking. Maar ach. Ik denk nog steeds dat ik de jongste ben.

'Zo, nu heb ik je laten zien hoe het moet, probeer het nu zelf maar.'

Het is gericht aan de man van wie ik door opvoeding bepaald, bedacht heb dat hij getrouwd moet zijn met die vrouw.

'Geen punt,' zegt de man die bij de leuke dame hoort, 'dit is mijn vierde jaar alweer.'

Mijn binnenpretje is weg. Lichtelijk teleurgesteld zoek ik mijn bagage bij elkaar.

Ik kijk mijn vriend aan en die grijnst. Zou hij het door hebben? Ik heb me op een dwaalspoor laten zetten door de wanhopige blik en als dat het was, moet daar blijkbaar een andere reden voor zijn.

Als dat het was? Ik zou toch zweren dat het wanhoop was. Of? Enfin, nu te laat. 'Die kant op,' gebiedt hij mij, wijzend in de richting waar zich onze slaapplaats zou moeten bevinden. Ik vermoed dat hij een nacht heeft geoefend om het nummer van ons slaaprijtuig uit zijn hoofd te leren. We wurmen ons door de veel te smalle gang langs de verschillende slaapcoupés.

Fietstassen, bidons, hand vol met reisdocumenten, alles lijkt in de weg te zitten. Er is maar net genoeg plaats om ons met onze bagage een weg te banen. Je zult nu maar iemand tegenkomen. Hoe moet dat dan? Het antwoord op die vraag en het probleem laten niet lang op zich wachten. Want ja hoor, tegenliggers, mensen die ook op zoek zijn naar hun slaapplek, maar dat doen vanuit een voor ons vervelende richting. Moet dat dan?

In gebrekkig Engels komen we tot de ontdekking dat ze naar Zurich moeten, Zwitserland. De ergernis is nu compleet, ze moeten dus het voorste treinstel hebben, het achterste stuk waar ze nu inzitten, gaat naar München. Ergens in Duitsland wordt de trein gesplitst, voorste deel is voor Zwitserland. Lichtelijk geïrriteerd na drie keer uitleggen in Engels dat ik jaren geleden eens heb moeten leren, keren ze om. Ik zie een man en vrouw daar weer achter, meewarig het hoofd schudden. Ze moeten of ook terug of zich tijdelijk parkeren in één van de coupés om de boel te laten passeren. Dat laatste is de beste oplossing en wat doen ze? Ze draaien zich ook om, en lopen terug.

Terwijl een zucht mijn borstkas verlaat, hoor ik een vergelijkbaar geluid achter me en weten wij dat we ze dus straks weer tegenkomen. Zo dom werkt dat. Helaas.

In lichte paniek die je langzaamaan ziet ontstaan, probeert nu de groep in die veel te smalle gang met al hun koffers, te keren richting de eerste de beste uitgang. En dan naar buiten. Rennen.

Vijfentwintig over vertrekt dat ding. Slechts een paar minuten resten. Niet slim van die mensen, naar buiten gaan, je kunt ook in de trein blijven, en gewoon doorlopen naar voren. Wel veel gangen door, maar veel beter voor je bloeddruk, lijkt me. Maar ja, het zijn Japanners, denk ik, afgaande op het embleem van hun nationale vlag op één van de koffers. Zij zijn ooit begonnen met de uurwerkjes van de Zwitsers na te maken. Een klokje namaken is wat anders dan klokkijken.

En de taal die Japanners spreken, kent ook de conducteur niet die toevallig bij de deur aanwezig is, druk gebarend dat ze door moeten lopen. Het helpt niet, de goede man moet haastig opzij want wordt bijna naar buiten gedrukt door de koffer met het embleem.

Maar die keuze werkt niet, hij kiest gedwongen dan maar voor de beste oplossing, even plaats maken door naar buiten te stappen, gevolgd door een bende paniek. Nu wel. Hij laat het maar zo. Door het raam kijk ik naar de goede man met de beste bedoelingen. Zijn blik is duidelijk: zoek het dan maar verder zelf uit. Althans dat denk ik want sinds een paar minuten is daar

18

de twijfel over mijn kennis en mimiek. Inmiddels zijn wij weer enkele meters opgeschoten, en hopen dat het andere stel even wacht bij die deur waar net nog die conducteur stond. IJdele hoop. Ik herken weer die oer-Hollandse instapblik: ik eerst. Mijn vriend achter mij staat bij de opening van een coupé, en is zo verstandig daar in te gaan wat mij weer de gelegenheid geeft twee stappen terug te doen, en ook die coupé in te duiken. Maar ... achter ons komen nog meer mensen die ons vervolgens gewoon voorbij lopen, zo richting opstopping. We kijken elkaar veelbetekenend aan. Succes. We wachten op de dingen die komen gaan. En we laten het daar dan ook bij.

Toch kan ik het niet laten om even om het hoekje van de vluchtcoupé te kijken hoe dit gaat aflopen. En waar ik eigenlijk al een vermoeden van had: de coupé waarin wij zijn gevlucht zal zich snel gaan vullen met iets meer mensen. Ik constateer een terugtrekkende beweging bij de 'ik eerst' groep. En je raadt het al, wij zijn het voorbeeld hoe het ook kan. En dat vraagt navolging.

We schuiven een beetje door, en er proberen drie mensen zich tegen ons aan te schuren.

In de slaapcouchette waarin we staan blijken de bedden reeds uitgeklapt. De beschikbare sta-ruimte is nu optimaal in gebruik. En dan is de ramp compleet. Het stel dat geen enkel idee kan verzinnen wat een oplossing is voor een eenvoudig probleem zoals het laten passeren van tegemoetkomende mensen, moet juist in de coupé zijn waar wij net een mensonvriendelijke stal van hebben gemaakt. Geen enkele beweegruimte meer, vrije uitloop zeker niet en over kippen gesproken: daar staan ze dan, met z'n tweeën voor de deur. Zonder kop. Figuurlijk dan.

Met een verontwaardiging zonder enige twijfel uit haar mimiek af te lezen, komen de volgende klanken uit haar mond: 'Dit is onze coupé.'

Ik begin te lachen, wat moet je anders. Ze spreekt in ieder geval Nederlands dat niet altijd zo hoeft te zijn in een internationale trein. En de man achter mij waarmee ik deze reis ook wil eindigen, en dat lijkt steeds lastiger te worden, zegt vervolgens: 'Kom er gezellig bij.'

Hoe cynisch wil je het hebben. Mijn grijns verbreedt zich. Het stel blijft verdorie ook nog enkele tellen in het deurgat staan. Dat wordt teveel voor de man die vooraan staat. Zonder een woord uit te brengen, kan ook zijn dat hij geen Hollands spreekt, werpt hij zich tegen het stel aan. Zijn postuur is redelijk, maar zijn koffer die hij voor zich houdt is zeker een stuk breder en erger, ook harder.

'Au.' De vrouw van het stel wordt blijkbaar geraakt. Wat mij niet verbaast. Het stel wijkt door deze actie wel achteruit, en ik wacht op de escalatie. De eerste scheldwoorden?

'Je doet me zeer.' Het komt piepend haar mond uit. De voorbode van een astma-aanval?

Als je een scheldwoord verwacht, en er komt alleen gepiep, ja, dan moet ik even lachen, alweer, kan er niets aan doen, het gaat vanzelf. Schaamte voor het leedvermaak? Valse schaamte, dat zeker.

'Ja, lach maar, moet je kijken wat hij doet,' eerst wijzend op de man, en dan op haar arm. Ik zie niets dat maar op een oorzaak van pijn kan lijken. Het piepende geluid is overgegaan in zielig gekerm.

Ik wil nog meer zichtbaar gaan lachen, maar probeer me te beheersen, en denk bij mijzelf 'kwezel' terwijl ik ook wel snap dat de man met de harde koffer wel erg lomp deed. Maar die man staat aan onze kant. Mannen onder elkaar, dat gevoel. Zo dus. Het stel kiest eieren voor hun geld, ja, vijf mannen is ook teveel van het goede. De vrouw probeert nog wel haar man te bewegen tot actie.

'Zeg jij er nou eens wat van.'

Maar omdat hij wijselijk zijn mond houdt, loopt het allemaal de deur uit richting bestemming nummer reisbiljet. Eindelijk.

Tot overmaat van ramp zet de trein zich net in beweging op het moment dat de vrouw nog een stap achteruit zet om onze passeerbeweging mogelijk te maken. Haar schoenen met te hoge hakken bieden op dat moment te weinig stabiliteit met als gevolg dat zij achteruit moet strompelen om te voorkomen dat ze valt. En om dat te voorkomen probeert ze ook nog eens haar rolkoffer te pakken die voor haar staat, maar haar graaiende handen vatten alleen maar lucht. Het is een komisch gezicht. En mijn eerste lach was nog niet eens van mijn gezicht verdwenen, hetgeen mij een vernietigende blik oplevert. Als ik die blik thuis zou krijgen, zou ik voorlopig nog niet slapen. Of op de bank. Nu was het alleen maar zaak om snel die blik achter mij te laten, en ons eigen slaaprijtuig zien te vinden. Om te gaan slapen. Misschien.

HOOFDSTUK 3

De nacht

Gevonden, het goede nummer – een rijtuig verder, en zonder verder oponthoud. Het is krap allemaal, de bagage moet een plekje vinden. Eerst maar eens de spullen voor de nacht, en voor de volgende dag klaarleggen. Ik vraag me af hoe de mensen dat doen in een nog krappere slaapcoupé dan de onze, denkend aan onze ongewilde ophokplicht in een veel te krappe ruimte van een paar minuten geleden. De slaapcoupé van ons is van het luxe soort, een waterkraantje met een wastafel, en slechts twee bedden in plaats van vier of zes. Optisch gezien wel iets ruimer. Praktisch gezien begin ik te twijfelen.

Voordat slaapspullen en dergelijke tevoorschijn getoverd worden, eerst maar eens het hoogtepunt van de avond ontdoen van zijn magie. Uit mijn tas tover ik de enige handdoek die ik bij me heb. Opgerold. Leg deze op het onderste bed, rol de handdoek uit en zie, een plastic boodschappentas met de bekende blauwe kleur en wit logo.

Uit diezelfde tas komen vervolgens een fles witte wijn, een paar bollen aluminiumfolie gevuld met de verassing van dit jaar, en een plastic bakje tevoorschijn. Maar voordat een deel van de verrassing ontdaan wordt van zijn zilverkleurige dekmantel, leeg ik de blauwe tas in de wastafel. Eerst een plas met koud water, en dan volgt een aantal plastic zakjes met half gesmolten ijsklontjes kletterend de wastafel in.

Het is een zelfbedachte methode om de wijn koud te kunnen serveren omdat die nog voor de onthulling, een halve dag in een fietstas heeft moeten doorbrengen. Het is inmiddels een ritueel, en we zitten eraan vast, de avond van vertrek gaat samen met een dagje Asterdam. Zo'n dag door Amsterdam met in je tas wijn die de juiste zorg nodig heeft omdat die koud geserveerd pas echt lekker is. Vandaar de ijsgekoelde tas met inhoud.

Verder diep ik mijn fietshelm uit de tas, en in de ruimte waar normaal gesproken mijn hersenen zich veilig zouden moeten wanen, zitten nu vier plastic wijnglazen. De helm heeft ze gelukkig behoed tegen breken. Volgens planning. Waarom vier? Ik wil geen risico lopen dat bij het uitpakken blijkt dat er één is gebroken. Ze zijn weliswaar van plastic, maar van het soort waar gemakkelijk een barst in kan ontstaan. Goed merk en betrouwbaar ... die helm. Ik ontmoet de waarderende, maar ook smachtende blik van mijn fietsmaat. Wacht maar vriend, denk ik, tot ik de folie verwijder en het plastic bakje open. Maar nu eerst ons goed installeren voor het bacchanaal kan beginnen. De ervaring helpt een handje, maar ieder jaar is het toch weer een gepuzzel waar de tassen het beste passen. Het lijkt wel of er dit jaar weer meer inhoud in de fietstassen zit, maar ik weet zeker dat het niet het geval is, althans in die van mij niet, en laat nou juist mijn tas de meeste problemen geven om onder het bed te kunnen schuiven. Maar toch, eindelijk. Dan is het zover. Bril, telefoon, toilettas, enzovoort, werp ik op het bovenste bed.

Mijn vriend doet ongeveer hetzelfde met het onderste bed, maar creëert op die manier wel ruimte voor ons om te zitten. Met een elegant gebaar zet hij het surrogaat glaswerk voor de wijn op een uitklapplankje. Met enig gevoel voor entertainment waarbij een kleine Hans Klok-imitatie van slechte uitvoering gebruikt wordt, spreid ik de aluminiumbollen open op het bed, en zet er het plastic bakje naast. Verschillende blokjes kaas met honingmosterd liggen thans uitgestald op het aluminium, en in het plastic bakje zwemmen een flink aantal zalmrolletjes. Nu ik het zo zie liggen, weet ik het al: weer veel te veel. Vorig jaar was er ook al een overvloed aan hapjes, en mijn vriend zegt dan ook terecht dat het dit jaar weer niet gaat lukken alles op te krijgen, behalve de wijn dan. Hij memoreert dat het weer zo'n week van fietsen wordt waarbij de buikomvang beslist niet zal afnemen. Ik ben ook bang dat hij gelijk gaat krijgen.

De fles wijn is leeg, de hapjes tot viervijfde weggewerkt, en de discussie achter de rug van wel of niet extra wijn halen bij de conducteur. De restauratiewagen is enkele jaren geleden wegbezuinigend, en de inkomstenderving wordt iets kleiner gemaakt door de conducteur drankjes te laten verkopen.

Deze keer zijn we sterk, geen wijn bijhalen. Slapen. Het trappistenbier dat wij afgelopen middag in een Amsterdams café hebben gebruikt in combinatie met de fles wijn van vanavond, moet eigenlijk wel voldoende zijn om een beetje te slapen in een rijdende, schokkende en stampende trein.

Nog even naar toilet, ik slaap tenslotte boven, en een klimpartij midden in de nacht; liever niet.

En dat gedoe met aankleden, je kunt tenslotte niet halfnaakt 's nachts door een trein lopen, je weet nooit wat je tegenkomt. Vergeet ook niet je schoenen aan te trekken want het idee om met je blote voeten in een openbaar toilet van een rijdende trein te moeten staan; je kunt het allemaal wel bedenken waarom dat niet het meest aantrekkelijke is. Nu even al die heisa voor lief nemen voor een plasje, maar beter nu dan later in de nacht. Als sleutel steekt er aan de binnenkant van de deur zo'n plastic pasje met allemaal gaatjes, het wekt geen vertrouwen dat het ook werkt. Ik stop het pasje bij me, en ga voor mijn plasje. Het is inderdaad een hele kunst om de urine daar te krijgen waar die hoort, die trein schokt vaak alle kanten op, en het lijkt wel of hij het moment heeft uitgekozen om juist met mij te jongleren. Bij terugkomst hoef ik niet te kloppen, het plastic werkt. De deur gaat open.

Gerustgesteld deel ik mijn bevindingen tegen een al half slapend hoofd dat net boven een dekbed uitkomt. Mijn wens naar hem dat hij vooral mag genieten van een goede nachtrust, wordt met wat gegrom beantwoord. Ik ga ervan uit dat hij mij hetzelfde toewenst, en klim omhoog.

Waar ik na een paar minuten constateer dat ik moet plassen.

HOOFDSTUK 4

De overpeinzing

Ieder station waar onderweg gestopt wordt, kenmerkt zich door een schok veroorzaakt door het optrekken van de locomotief. Wakker, de hoeveelste keer alweer? Ik tel ze niet eens, stel je voor dat ik daardoor in slaap val.

Een enkele keer wordt wakker worden ook veroorzaakt door het slingeren van de trein, geen idee waardoor dat komt want als ik wil kijken dan blijkt dat het pikkedonker is buiten. Dat is het kenmerk voor slapen in een trein: soms wel, vaak niet. En maar hopen dat je uiteindelijk uitgerust kan beginnen aan een fietstocht waarvan je weet dat die weer na acht dagen zal eindigen … in een trein.

Het is een hele kunst om de slaap te pakken te krijgen met als gevolg dat het brein aan het denken slaat. Waarover?

Volgens mijn planning zullen we op driekwart van de vakantie op de plek komen waar enige jaren geleden mijn ex-buurman en fietsmaat van toen dat fatale auto-ongeluk heeft gehad.

Ex-buurman? Ja. Na een eerdere verhuizing van mijn kant, hadden we contact gehouden.

Om eerlijk te zijn, de vrouwen hadden contact gehouden. Als die besloten weer eens samen te komen, ja, dan spraken wij elkaar. Die buurman, Rinus, belde mij op een zeker moment om advies te vragen over de aanschaf van een fiets.

Omdat hij wist dat mijn vakanties zich op de fiets afspeelden, en ik al jaren autoloos door het leven ga, had hij het idee dat ik dan ook wel verstand van fietsen zou hebben.

Mijn kennis bestaat eruit dat ik zweer bij een bepaald merk en dat – dat ontken ik niet – is overgegaan in een tunnelvisie van gemak. Dat merk is best wel prijzig, hetgeen betekent dat ik een blind vertrouwen heb in de stelling dat duur ook kwalitatief goed moet zijn. Het geluk wil dat ik al jaren zonder klachten mij op zo'n fiets verplaats, mij verder geen klachten van anderen bekend zijn , en dus een legitiem criterium voor zijnde een zeer goede fiets.

Uiteindelijk leidde mijn overredingskracht voor zover noodzakelijk, toch tot de aanschaf van het merk dat dus gebaseerd was op mijn eigen voorkeur. Een stukje onbetaalde marketing. Maar het leidde ook tot de afspraak om samen op vakantie te gaan met die fiets, kijken of het zou klikken tussen ons als we zo'n tien dagen met elkaar zouden optrekken. Mijn vakanties bracht ik al enkele jaren alleen fietsend door. Nu weer met twee vroeg dus om aanpassingen. En ja, het eerste jaar was goed bevallen. De bergen die bedwongen moesten worden, verteerde hij goed. Met gevolg dat een tweede jaar werd afgesproken. Hij zag er al maanden naar uit, hoorde ik van zijn vrouw. En de dag van vertrek was het een en al opwinding. Hoe anders zou het allemaal aflopen: de tweede dag werd hij het slachtoffer van een ernstig ongeval.

In de voorbereiding van de huidige vakantie heb ik gepland om nog een keer langs die plek te gaan waar het allemaal is gebeurd.

Heel bewust heb ik de route geleid langs de fatale plek.

Ik wil nog even dat stadje in om vooral het hotelletje te bezoeken waar ik in die tijd een paar nachten noodgedwongen moest verblijven. De mensen in dat hotel, een familiehotel, hadden mij goed opgevangen, vandaar. Ik weet eigenlijk niet zo goed of het nostalgie is, of ik ze wil bedanken, of dat ik voor mijn al dan niet ingebeeld ontkenning- of verwerkingsproces nog een keer ga. De man die nu in een bed onder mij onbedaarlijk aan het snurken is, weet hier nog niets van. Moet ik het hem ook alsnog vertellen? Terugkomen op mijn eerder genomen besluit? Het is iets in en van mij dat het nodig maakt nog een keer die plaats te bezoeken. En weer zijn mijn overpeinzingen aanleiding tot twijfel.

Misschien ben ik wel bang dat hij het geen goed idee zal vinden of bezwaren zal opperen.

Daar zit dan gelijk de worsteling want als hij echt bezwaren heeft, dan zal ik het waarschijnlijk ook niet doen, en wil ik dat? Vandaar misschien mijn keuze maar niets te zeggen?

Het hele gebeuren van het ongeval gaat in enkele minuten weer eens door mijn hoofd. Beelden, voor altijd blijvend, ben ik bang, onuitwisbaar. Maar bang is in dit geval eigenlijk niet het goede woord. Bij de beelden die ik gemakkelijk nog naar voren kan halen, hoort geen angst of onrust. En zoals al eerder opgemerkt, de buitenwereld lijkt meer moeite te hebben met het idee dat zoiets gebeurd is dan ikzelf.

Maar toch, als een film passeert het hele gebeuren nog een keer mijn bewustzijn.

En ja, ik vraag mij af hoe het mogelijk is dat ik ben blijven functioneren alsof er niets is gebeurd.

Je hoort of leest verhalen, soms als vergelijkbaar onderwerp in een talkshow, zelfs hele boeken zijn geschreven over onverwerkte processen.

Mensen die iets vergelijkbaars hebben meegemaakt kunnen hun werk niet meer goed uitoefenen, zelfs een tijd helemaal niet werken of moeten voor traumaverwerking naar een psycholoog.

Als dit in gezelschap ter sprake komt, zie ik emoties, en hoor ik maar al te vaak de vraag of ik er nog dikwijls aan moet denken. 'Gelukkig niet,' zeg ik dan. Maar steeds vaker houd ik me bezig met de schuldvraag: moet ik niet meer emotioneel reageren? Me schuldig voelen dan? Angststoornissen ontwikkelen misschien? Maar welke dan? Geen idee.

En daarover kan ik me dan weer echt schuldig voelen, dat ik niets voel, zeker als de gezichtsuitdrukking van de persoon tegenover mij lijkt te zeggen: doet het jou dan helemaal niets? Neen, eigenlijk niet nee. Het is gebeurd. Het heeft mij op dat gebied beslist empathischer gemaakt, denk ik, maar daar zal op zo'n moment die ander misschien wel anders over denken. En toch?

Langzaam neemt de slaap mijn gedachten over.

Tot de volgende stopplaats.

HOOFDSTUK 5

Aankomst

Mijn thuis al afgeschreven shirtje voor de nacht doe ik op een rolletje, en mik het in de plastic afvalzak met daarin de resten van het bacchanaal van gisteravond. Ik ruik kaas. Van gisteren. Het stinkt eigenlijk best wel. Gauw dicht die zak.

Eigenlijk een vreemde gewoonte, maar inmiddels wel een ritueel geworden, dat weggooien. Bijgeloof misschien wel?

Thuis spaar ik net zo lang tot ik een versleten onderbroek en dito T-shirtje heb dat ik weggooi na de eerste nacht van de vakantie zodat ik dat niet mee hoef te nemen op de fiets, dat scheel kilo's, nou ja, zo zeg ik dat tegen mijzelf wel wetende dat het meer grammen dan kilo's zijn.

En eigenlijk houd ik mezelf zo voor de gek.

Dat realiseer ik me maar al te goed, blijf daar hardnekkig in geloven, en blijf mijzelf vertellen dat elke kilo minder telt. Met alle bagage die er meegaat, zal dat ene grammetje niet veel uitmaken, maar tussen de oren moet het wel goed zitten.

En ja, tussen mijn oren zit het, al jaren, en het is zoals gezegd inmiddels een ritueel; ik zit er aan vast, moet ermee leren leven.

De wielerkleding voor de eerste dag heb ik gisteren klaargelegd om nu te kunnen aantrekken. Bedenk daarbij wel dat dit moet gebeuren op een stapelbedje in een treincoupé die zonder aankondiging vooraf zomaar een poging doet te ontsporen. Een vorm van Yoga, ochtendgymnastiek, fysiotherapie en SM in één. Bij iedere rennersbroek die ik heb, zitten de pijpen strak om mijn bovenbenen, het elastiek tekent zich zoals altijd direct op mijn huid af.

Ik schuif wat met de pijpen tot op een plek waar het iets aangenamer zit, maar strak blijft het.

Ach, ik weet ook, na een paar minuten op de fiets voel je het niet meer. Eind van de dag zit daar een rode striem met het reliëf van het elastiek afgetekend op de huid, dat wel. Het zal ooit ontdekt worden door de reclame-industrie die dan het logo van de fabrikant in dat elastiek laat bevestigen. Tekent mooi af. Tattoo, maar dan anders. En als de zon wil meewerken is dat de scheidslijn tussen rood en wit of met enig geluk, bruin en wit.

Na zo'n fietsvakantie sta ik bij aanvang van het voetbalseizoen in de gezamenlijke doucheruimte van de voetbalclub, en dan is daar altijd de opmerking dat ik mijn onderbroek uit moet doen voor het douchen. Inmiddels een grap met baard waar vreemd genoeg iedere keer weer teamgenoten om moeten lachen. Dan neemt de realiteit van de dag mijn gedachten weer over. Ik wil toch wel graag mijn tanden poetsen, en dat vraagt voor het uitvoerende gemak wat meer ruimte. Ik kijk waar mijn vriend mee bezig is. Die staat op dat moment een schatting te maken waar we zijn door uit het raam de omgeving te bestuderen.

'Als jij nu gaat douchen, kan ik me beter bewegen.' Met andere woorden, wegwezen. Kan ik mijn gang gaan. Het goedemorgen tegen elkaar als teken van 'Ik ben al wakker', en de uitwisseling over de ervaring van het slapen in een trein als achtbaan, is al achter de rug. Het genuttigde flesje water in combinatie met de fles wijn heeft ervoor gezorgd dat wij het flesje water verantwoordelijk houden voor het gevoel geen kater te hebben. Wakker zijn is heel iets anders. Dat moet nog komen.

Mijn vriend scharrelt zijn spullen bij elkaar, en zoals ik hem ken, pakt hij tot twee keer toe de deur vast, draait zich om en zegt: 'Ik vergeet mijn toilettas.' En de tweede keer: 'En mijn bril.'

Een derde keer blijft hem bespaard. En mij.

Hoewel, het kan gebeuren dat hij straks tot de ontdekking komt dat hij toch ook nog zijn kam is vergeten omdat hij deze gisteravond om een of andere duistere reden ergens neergelegd heeft, en niet meer weet waar. Dat zou zomaar de derde keer kunnen worden.

Het blijft opmerkelijk, en mij verbazen, hoe hij tot in de puntjes alles kan regelen, en soms zo warrig met spullen kan zijn. Het inpakken straks is ook zo'n ritueel op zich.

Eerst zet hij zijn tassen klaar, mompelt tegen zichzelf wat hij eerst zal inpakken, en pakt hetgeen dat naast hem op het bed of op de vloer ligt. Want werkelijk, minstens driekwart van zijn bagage ligt uitgepakt overal om hem heen verspreid, in een bepaalde volgorde die blijkbaar alleen in zijn hoofd zit. Er komt bijna altijd dat moment dat hij de tweede en dus laatste tas dichtsnoert, en dan te laat ziet dat zijn pet of iets anders, er nog bij moet. Zoals gezegd, bijna altijd prijs.

Waarschijnlijk denk ik er morgen niet meer aan, maar ik waag een gokje met mijzelf. Morgenochtend zijn het de schoenen van de vorige avond.

Die vergeet hij vast, en zullen als laatste alsnog moeten worden ingepakt.

Hopelijk denk ik dan terug aan deze stille weddenschap met mijzelf. Ben benieuwd of ik gelijk krijg.

Als hij eindelijk zijn weg heeft gevonden naar de douche ontstaat er meer ruimte, en kan ik me wat makkelijker behelpen met het onnozele kraantje waar de zwaartekracht en een te laag druksysteem samen hun uiterste best doen om een straaltje water te produceren.

Vandaag ga ik zweten dus waarom douchen? Tanden poetsen, dat wel. En verder mijn slapers uit mijn ogen spoelen met een handje water dat ik met enig geduld heb kunnen opvangen.

Een beetje nattigheid onder mijn oksels na nog iets meer wachttijd, drogen, en mijn wielershirtje kan aan.

Ik ben nu klaar, alles gepakt, en dat staat als een fietstas aan de kant in de gang van het slaaprijtuig. Klaar om mee te nemen als we straks onze eindbestemming hebben bereikt.

Op dat moment komt ook de conducteur, hij hoeft dit jaar niet op onze deur te kloppen om te zeggen dat we nog een uur hebben om aan te kleden en te ontbijten. Want ook dat hoort bij de boeking van dit rijtuig, de Weckruf. En ja, ook een ontbijt. De conducteur in hoogst eigen persoon komt het brengen, met koffie in een beker met een dekseltje. Wat denk je dat je nog meer krijgt?

Een heerlijke warme croissant? Das war einmal.

Heel in het begin, bij mijn eerste treinreis op deze manier, was daar ooit een warme croissant, en een lekker vers, warm bolletje. Dat was nog in de tijd van de restauratiewagon. Later werd het een doos met een voorverpakt ontbijt, en nu, zo los uit het handje, een croissant. Even uit pure gemakzucht vergeef ik de aanbieder de regels van de hygiëne. De croissant is oud en koud, en alleen warm te krijgen als je hem in de koffie stopt; overigens geen slecht idee want hij is ook nog eens gortdroog. Hoe kauw je die anders weg?

Met een plastic mes maak ik er een keep in, een beetje boter ertussen. Uit de afvalzak haal ik de kaas van gisteren tevoorschijn met de vaardigheid van een dakloze, en stop die in de gekerfde croissant.

Voorzichtig een slok koffie naar binnen en eten maar.

Ik sop de eerste hap croissant in combinatie met koffie in mijn mond, kauw het tot een inslikbare brok meelpap met kaassmaak en slikken maar. Alles went.

Mijn fietsmaat is inmiddels klaar met douchen, komt binnen, en wurmt zich langs mij heen.

'Ik zal maar eerst eten voordat ik alles inpak.'

Wel verstandig want zijn beker koffie staat omtrapklaar op de grond. Gevaarlijk dicht bij zijn schuifelende voeten. De kaas wordt bij hem jam. Hij likt zijn wegwerpmes af en wil het in de afvalzak gooien. Maar die heb ik al dicht gebonden.

Het lukt hem de knoop met één hand te ontwarren, en gooit het plastic hulpmiddel in de tas met een gezicht waaruit duidelijk is te zien dat er iets stinkt.

'Getver, het stinkt, is dat die kaas?'

Ik slik nog een keer.

HOOFDSTUK 6

Bayern München

De trein heeft zijn eindbestemming bereikt, München. Slechts met een kwartier vertraging.

Ik kan me herinneren dat het wel een keer meer is geweest, maar, en dat gebiedt in alle eerlijkheid ook gezegd te worden, meestal is hij mooi op tijd.

Ik denk aan al die media-aandacht als er een trein uitvalt of de woordvoerder van Rover weer eens uit zijn dak gaat bij te veel vertraging door de herfstblaadjes op de rail. Alsof treinreizigers nooit in een file hebben gestaan. Vreemd eigenlijk dat de trein met zijn vertraging meer negatieve aandacht krijgt van de media dan al dat fileleed in een auto.

Files worden alleen gemeld in de vorm van lengte. Hoe langer, hoe sensationeler. Er zijn recordpogingen. De langste file ooit, lees je dan. Dat iemand dat bijhoudt.

De wachttijd in een file overschrijdt per week vele keren de tijd van nietsdoen op een perron.

De vertraging van een trein is een ander soort ergernis blijkbaar. En er is altijd zendtijd ingeruimd voor de ontevreden reiziger, nooit een automobilist die meer dan een uur heeft liggen rollen. Eigenlijk best wel vreemd. De treinreiziger krijgt volop aandacht bij iedere eerste sneeuwvlok, herfstblad of koe op het spoor. De automobilist schijnbaar alleen als de benzine één cent omhoog gaat. Mooi voer voor een sociaal psychologisch onderzoek. Maar door wie? Moet wel betrouwbaar zijn.

Als het gelukt is om de croissant naar binnen te werken, en de koffie voor de helft in het fonteintje is verdwenen, is het tijd om onze coupé te verlaten.

Ik til mijn fietstassen op die in de gang staan, en ben benieuwd of ik daar wederom mensen tegen zal komen. Maar die pech hebben wij helaas niet meer.

In de wagon waar de fietsen staan is de ruimte gigantisch als ik het vergelijk met hoe het was tijdens het instappen. Niemand die nu na ons gaat uitstappen. Niemand die ik zou kunnen helpen.

Wij blijken tot mijn stomme verbazing de enigen te zijn; twee fietsen nog slechts.

Wat bijzonder is, want in al die jaren is dat nog nooit voorgekomen. Dus de rest is dan toch ergens onderweg uitgestapt. Zoals al opgemerkt, dit heb ik nog nooit eerder meegemaakt. Volle bak in Amsterdam en nu? Heb ik soms iets gemist over terreurdreiging in München?

Maar dit is dan wel een prettige bijkomstigheid.

Deze vorm van egoïsme zal bij mij geen schuldgevoelens oproepen, ook later niet.

Lekker alle ruimte om de bagage op de fietsen te bevestigen, en tegen elkaar zeggen wat je wilt zonder rekening te moeten houden met goede gewoontes, tolerantiedrempel of iemand anders eerbaarheid.

Als het niet lukt met de bagage zoals ik zou willen, rolt er gemakkelijk een woord uit dat het Opperwezen de wenkbrauwen zou doen fronsen. We hebben redelijk CO_2 neutraal gereisd en de darmen kunnen nu in dit geval ook vrolijk een bijdrage leveren aan de opwarming van de aarde.

Opgelucht stap ik dan ook uit.

En als ik goed luister, mijn reisgenoot ook. Nog zo'n voordeel van je alleen op de wereld te wanen.

We moeten nog wel een stukje lopen richting uitgang. Niet erg, maar het voelt nog onwennig, die fietsschoenen die multifunctioneel zijn ingericht. Het ijzer onder de schoenen klikt bij iedere stap, en vraagt enige aanpassing als je loopt. Maar het gevoel van dat we er zijn, en het nu echt kan beginnen, overheerst. De route stad uit zit in mijn hoofd. Ik weet welke uitgang van het station we moeten nemen. En het is nog redelijk vroeg, de ergste verkeersdrukte moet nog komen. De geplande route is dan weliswaar autoluw, maar er zijn een paar plaatsen waar oversteken geboden is.

Het is zeker toch wel zo'n twintig minuten fietsen voordat we de buitenwijken zullen bereiken, en dan nog eens tien minuten voordat de rand van de stad, het bos, is bereikt.

Hoewel we weten dat het rond het centraal station München een gaan en komen is van daklozen, junks en alcoholisten of een combinatie van die drie, is het toch weer een hels karwei om zonder schuldgevoel of onterechte schaamte door dat volk te manoeuvreren om echt buiten te komen.

Het blijft een aanslag op je gevoel van veiligheid ook al wil je dat vooroordeel liever verdringen.

Wanneer een haveloos uitziende man, duidelijk in beschonken toestand, mijn uitweg blokkeert, wordt er razendsnel een beroep gedaan op mijn voorraad aan sociale vaardigheden. En het moet ook nog eens in het Duits. Gelukkig trekt een meisje aan zijn mouw, en knikt naar mij en mijn fiets. Half struikelend achteruitstappend, voldoet de man aan de wens van de jongedame. Ik knik vriendelijk naar haar, en probeer uit alle macht niet te laten zien hoe ontsteld ik eigenlijk ben bij het zien van zo'n jong iemand in een dergelijke staat. Het veel te vette haar hangt sluik en half over haar gezicht. Het voorkomt niet dat ik kan kijken in een paar vriendelijke ogen die echter zo diep verborgen liggen in het uitgemergelde gelaat dat het meer de mimiek is die mij laat aannemen dat ze vriendelijkheid uitstralen. Ze lacht terug, misschien toch niets gemerkt, hoop ik dan. Maar ik constateer tegelijkertijd dat de inhoud van haar mond al jaren geen onderhoud heeft gehad. Het gevolg van haar drugsgebruik? Ik denk het, maar we moeten verder; geen tijd om er nog langer bij stil te staan. We gebruiken snel de geboden ruimte. Als we de groep maatschappijlozen hebben gepasseerd, haal ik diep adem en realiseer ik me dat ik, tijdens het passeren, mijn adem heb ingehouden om maar niet te ruiken welk een ellende de keerzijde kan zijn van welvaart. En in dit geval is welvaart water en zeep.

Eenmaal buiten het station is het een kwestie van oversteken, en eigenlijk de weg rechtdoor volgen.

Immer gerade aus. Iets te gemakkelijk gezegd maar zo zit het ongeveer wel in mijn hoofd.

Een baken om te weten dat de juiste route wordt gevolgd, is dat we onderweg langs een trainingscomplex van Bayern München zouden moeten komen. En aldus geschiedt, we zitten op de juiste route. Goed voor mijn ego.

Even later stel ik vast dat die trainingsvelden van Bayern München zo vroeg in de morgen nog niet geschikt zijn om de ballende miljonairs te dragen. Het ziet er wel erg leeg uit. Logisch, veel te vroeg, en veel te fris waarschijnlijk, voor zoveel geld.

De relatie leggen tussen het goedbetaalde werk voor een hobby, het laat opstaan omdat er het nodige oponthoud naast je slaapt, schudt mijn gedachten even flink op. Wat zou ik doen in een dergelijke positie en met dat talent? En is het geen stille droom geweest die onbewust nog doorwerkt? Voetbal is soms geweldig om naar te kijken, maar jaloezie? Ik geloof het niet. Of maak ik mijzelf dat wijs? Maar vlug aan iets anders denken.

Mijn oog constateert dat de velden bestaan uit kunstgras, en dat laat zich waarschijnlijk niet gemakkelijk verruilen voor zijden lakens en ander waarschijnlijk schoons, vul ik verder in. Dus daarom alleen al niet te vroeg beginnen voor al dat geld, stel je voor.

Ik betrap me erop dat mijn gedachten niet van onderwerp kunnen veranderen. Blijkbaar is mijn oordeel over het professionele voetbal nogal vooringenomen. Het zal wel.

Ik richt me op de fietscomputer om te kijken hoe ver nog verwijderd van de rand van deze stad.

Gelukkig maar dat er geen voetballers rond lopen, stel je voor. Misschien zou het een reden kunnen zijn om af te stappen en met een zekere adoratie de sterren van het groene doek te bewonderen.

En stel dat mijn vriend zou besluiten een handtekening te gaan vragen terwijl ik van mijzelf weet dat deze vorm van persoonsverheerlijking niet de mijne is. Wat zou ik dan hebben gedaan? Hem weerhouden omdat ik het flauwekul vind? Maar voor zover ik hem ken, zal hij het ook niet in zijn hoofd halen om deze vorm van persoonsverheerlijking uit te oefenen.

Het idee dat hij op zo'n miljonair af zou stappen om hem een handtekening te vragen, doet mij grinniken. En omdat deze mogelijkheid zich sowieso niet voordoet, schiet het lekker op, en bereiken we volgens planning de rand van het bos.

Vaarwel, München.

HOOFDSTUK 7

De eerste echte pedaalslagen

Aan het begin van het bos kom ik een oude bekende tegen. Een bron met drinkwater. Een koperen pijp die continue zijn fris koude water laat klateren. De bidons worden uit de bidonhouders gehaald, en gevuld met dat heerlijke, koude bronwater. Ook hier is het een tussen de oren zittend fenomeen, koud water. De temperatuur is zo vroeg in de ochtend fris te noemen dus nog niet uitnodigend om al flink aan die drank te gaan. En als we een paar uur verder zijn, en de eerste slokken naar binnen kolken, zullen we bemerken dat de temperatuur van het water al die van de omgeving heeft aangenomen. Maar het is een ritueel en we zitten eraan vast.

Voor ons ligt nu een eindeloos lijkend fietspad dat loopt als een rechte streep door het bos. De vraag of dit een oerbos is, is hiermee gelijk weerlegd, denk ik dan. Zo gecultiveerd rechtgetrokken alles. Het pad afkijkend zie ik geen bocht en geen horizon. Het pad wordt optisch steeds smaller en smaller om te eindigen tegen een rand met bomen. Maar het loopt echt wel verder. Gelukkig ontmoedigt het niet omdat het in het eerste uur en eerste dag is. Maar anders?

We stappen op met de wetenschap dat er eens een bocht zal komen maar dat we geen dorst hoeven te lijden.

De onderwerpen van gesprek zijn tot de volgende bebouwde kom veelal gerelateerd aan de omgeving waar we ons doorheen snijden. Wat het altijd goed doet onderweg is het spotten van een in het wild levend dier dat je hier tegen kunt komen.

De nadruk op kunnen want het eerste wilde zwijn na jaren van dit soort vakanties, moet nog altijd gezien worden. En dan wetende dat deze omgeving vol zit met die beesten.

We proberen dus een dier te ontdekken, maar wat we zien, is alleen een platgereden mol gedrapeerd op het asfalt, duidelijk de weg kwijtgeraakt en in vergaande staat van ontbinding, evenals een paar muizen die op verschillende afstanden verspreid het asfalt opvrolijken met hun staartjes als identificatie voor de soort. Verder een enkele naaktslak die onder een band van een natuurliefhebber aan flarden is gesprietst, en dat was het wel die ochtend. Nee, wat beesten betreft een trieste ochtend.

Of je moet van vliegen houden zoals zij van de restjes van die beestjes houden.

Als mijn voorwiel voorbijflitst aan wat ooit een muis is geweest, voelt een wolk strontvliegen zich duidelijk gestoord in zijn werk. En dat komen ze met z'n allen aan mij vertellen.

Mijn zwaaiende, afwerende hand brengt me bijna uit balans. Kom op zeg, één rechte weg, en dan nog bijna onderuit. Concentratie.

Na een half uurtje bereiken we een spoorlijn waarvan we voorlopig geen afscheid meer zullen nemen. Verdwalen zullen we het komende uur beslist niet. Follow the railroad. Rechts en soms links van het spoor met gevaar voor eigen leven want onbewaakte overwegen genoeg.

Alsof de spoorlijn wil zeggen: je dacht dat je van mij af was, maar nog niet helemaal. En als je niet goed uitkijkt, ben en blijf je van mij. Daarbij denk ik aan de gesprietste slak van onderweg.

Niet onbelangrijk, zelf goed opletten.

In Nederland willen we blijkbaar dat de overheid voor ons oplet bij het oversteken van een spoorlijn. Iedere overgang moet zijn beveiligd en alles wat daar niet aan voldoet moet worden afgesloten. Elk risico, elke eigen verantwoordelijkheid daarmee naar de prullenbak verwijzend.

Hier doen ze daar niet moeilijk over. Zelf opletten, eigen verantwoordelijkheid; een goed advies, lijkt mij.

Al zal menig moedergevoel met loslaatangst het hier niet mee eens zijn.

Nu we langs de spoorlijn fietsen, is ook het asfalt veranderd in een voor ons zo vertrouwde grijze steenslag, en waarbij het heersende droge weer ervoor zorgt dat onze zorgvuldig gepoetste en vakantie-klaargemaakte fietsen er na een tiental minuten uit zien of ze na jaren ongebruikt te zijn geweest zo van een vergeten hooizolder zijn gehaald.

Duitsland, zo door en door georganiseerd, kan het blijkbaar niet opbrengen om net als bij ons in Nederland, ieder berijdbaar strookje weg te asfalteren.

We hebben er een deugd van gemaakt, en hebben inmiddels gradaties voor het soort pad dat we moeten berijden.

Alle paden die van klinkers zijn voorzien dan wel zijn geasfalteerd, is vanuit het Nederlandse referentiekader normaal begaanbaar. In Duitsland is dat niet zo vanzelfsprekend. Hier noemen wij een dergelijk pad: 'Eindelijk'.

Eindelijk klinkt dan als een zucht van verlichting als we het boerenpad, het karrespoor, het geitenpad of het 'we gaan terug'-pad achter ons hebben gelaten of zijn omgedraaid. Voorlopig weer even blij met 'eindelijk' weer eens een normaal verhard pad. Want fietspaden in het buitenland, tja, dat vraagt voorkennis.

Een klein uurtje geleden hebben we afscheid genomen van de spoorlijn, en ben ik de juiste weg kwijt. Ik zal het niet gemakkelijk toegeven, maar het is wel zo.

De kaart brengt niet echt uitkomst, en de smartphone, zo'n eerste dag, nee, dat kan nog niet.

Mijn eer te na. We moeten een fietspad langs een riviertje hebben, en dat bewuste riviertje stroomt verdorie onder ons door. We kijken namelijk een diepte in vanaf een brug, ongeveer vier of vijf meter. De aanwezigheid van het riviertje klopt dus, alleen waar we nu precies zijn, kunnen we niet zo goed achterhalen.

Misschien is de kaart iets verouderd. Het is een kaart van ongeveer tien jaar geleden, dus helemaal onmogelijk is dat niet. Volgens de route moeten we stroomopwaarts, maar nergens is iets te bekennen dat op een weg lijkt die ons daar langs zal leiden.

Erger nog, we zien ook geen pad langs de rivier lopen terwijl de routekaart dat aangeeft. En al zou daar een pad lopen, hoe komen we daar dan beneden? Langs de brug is dichte begroeiing, en niets wijst erop dat je beneden kunt komen, laat staan met een fiets.

We moeten dus stroomopwaarts, maar hoe ver we ook kijken tot waar de rivier met een bocht uit het zicht verdwijnt: niet eens een 'we gaan terug'-pad te zien.

Struiken en bomen bewonen de vrij steile oever. Aan beide zijden.

Mijn vriend kijkt de weg af en wijst mij op een aantal huizen die links dwars op de weg staan.

Er schijnt daar dus een weg te gaan die – zo lijkt het – parallel loopt aan de rivier, in ieder geval wel de voor ons gewenste richting op. Voorlopig.

Het is niet de eerste keer dat wij op een dergelijke wijze een gok moeten nemen.

Ik stop de kaart terug in de fietstas en fiets achter hem aan want hij heeft niet gewacht op mijn instemming. Het blijkt een gok te zijn die de andere gok inleidt.

Na een kilometer of twee is daar een grindpad, categorie tussen boerenpad en geitenpad in, dat links afslaat en richting riviertje lijkt te gaan. Hoewel je dat van onze afstand nooit zeker weet.

Stoppen? Geen optie. Ik durf wel, we kunnen altijd nog het 'we gaan terug'-pad nemen.

Het lijkt goed te gaan tot we bij bebossing komen.

Ons gevoel voor oriëntatie zegt dat daar wel eens dat riviertje achter zou kunnen stromen.

En verdomd, tussen het struikgewas door loopt niet alleen een riviertje, maar ook een pad, nou ja, pad is een te groot woord voor een helling met zand en stenen, en het gaat ook nog eens plotseling steil naar beneden, vijf meter schat ik. Waarschijnlijk drie dus.

Hoewel, hoe hoog is een huis ongeveer?

Los zand, grind, het loopt af en is erg steil. Te steil en te veel los zand met grind om dit op de fiets te doen. Afstappen en proberen met de fiets aan mijn zijde, af te dalen.

Het zal wel glijden worden. Als het lukt. Ik sta hier nu wel, maar het is verdomd steil, hoe houd ik mijn fiets in bedwang?

Terug?

Er zit nog wel een beetje bravoure in mij. Ik mag me niet laten kennen, maar weet ook dat ik mijzelf wel eens overschatten kan, en de ander moet straks ook naar beneden.

Als je de afdaling aandurft dan weet je dat daar een brug ligt, je kunt hem zien liggen.

Brug is in dit geval een mooi woord voor wat roestig ijzerwerk met daartussen een paar planken.

Maar aan de andere kant van de brug begint een pad, en dat ziet er echt een stuk beter uit.

Goed om te fietsen, dat zien we allebei wel. Dus doen. De afdaling kan beginnen.

Ik ga als eerste.

En niet alleen bravoure is daarvoor verantwoordelijk.

Als eerste gaan is een stilzwijgend gebruik geworden omdat ik vanaf dag één heb moeten voordoen hoe je met een fiets met bagage een trein in- of uitstapt of een roltrap op en af, en bij minder geluk een gewone trap.

Maar vergeleken bij al die genoemde zaken, is dit andere koek.

Het valt niet mee, ik heb spijt van de beslissing. Ik mis elke grip op de ondergrond, en het is alleen maar glijden. Dat verdomde vasthouden aan een geplande route, maar het is een ritueel en je zit er aan vast. Ik probeer de fiets in het rulle zand te drukken, geen goed idee. De fiets gaat schuiven.

Ik dreig met fiets en al opzij te vallen.

De fiets schuift verder weg, en met veel inspanning kan ik alles nog maar net corrigeren.

Dan maar doorglijden, fietszadel laat ik bewust in mijn rug drukken, en op die manier kan ik mijn fiets in het zand drukken om te voorkomen dat hij weer gaat schuiven.

Ik voel zo het zand over de rand van mijn schoenen naar binnen lopen, niet leuk maar het gevolg, dat zien we vanavond wel.

Straks niet vergeten om de clips onder mijn schoenen schoon te maken.

Straks? Ik zal blij zijn als straks betekent dat ik het gered heb.

De hele glijpartij geeft verder weinig tijd om angstig te zijn, het is een kwestie van overeind blijven, en dat lukt nog ook.

Beneden aangekomen loop ik de brug over, de planken zien eruit of er nooit verf op heeft gezeten, meerdere planken zijn vermolmd en aan het verbrokkelen. Maar verder oogt het goed. Toch ben ik opgelucht wanneer ik eindelijk aan de andere kant ben gekomen. En nog meer opgelucht als ik het pad aanschouw. Goed berijdbaar voor onze fietsen. Want je zult maar terug moeten, ik moet er niet aan denken. Trouwens, terug is meer dan waarschijnlijk niet eens mogelijk.

Ik zet mijn fiets neer, en trek snel mijn smartphone uit mijn stuurtas om een foto te maken van de afdaling van mijn vriend. Hoewel ik er rekening mee houd dat ik ook zou moeten kunnen gaan helpen. Te laat, min of meer. Hij staat al op de brug wanneer ik afdruk. Hulde.

Dan valt mij plotseling een bord op dat naast de brug staat, en een zelfde bord aan de andere kant, alleen zie ik daar uiteraard slechts de achterkant van.

Niet gezien, te geconcentreerd bezig geweest met de afdaling.

Alleen gekeken naar waar ik het beste mijn voeten neer moest zetten op het moment dat ze stopten met glijden.

Maar het opschrift van het bord maakt dat ik nog een foto maak, van het bord met op de achtergrond mijn vriend die zo vriendelijk is om even op de brug te blijven staan. De held.

Het lijkt of hij naar het snel stromende water staat te kijken.

Op het gele bord staat met zwarte letters: Benutzung auf eigene Gefahr.

HOOFDSTUK 8

Een slaapplaats zoeken

Als je vanuit München richting Alpen fietst, dan komt daar een moment dat je in de verte de Alpen ziet opdoemen. Als dat voor de eerste keer is, is dat zeker een indrukwekkend gezicht. Als een zwart silhouet van grillige punten staat het afgetekend op de horizon tegen de nu blauwe lucht. Ik weet dat het nog zeker een halve dag fietsen is, maar je voelt het, je weet het, daar moeten we heen. Daar ligt de inspanning, het afzien, de martelgang, en de eeuwig durende omhooglopende weg waar geen eind aan lijkt te komen.

En dat vooruitzicht, daar kom ik voor.

Gek eigenlijk dat ik weet wat het van me gaat vragen, dat het afzien wordt, en dat ik toch niet kan wachten de eerste meters omhoog te moeten.

Zou het een verborgen verlangen naar masochisme in mij zijn? Het klassieke beeld van de meesteres komt bij mij naar boven en ter geruststelling van mijzelf; ik krijg daar geen warme gevoelens bij, sterker nog, het werkt op mijn lachspieren. Er zijn bepaalde media die hun best doen het als een normale seksuele beleving te laten voorkomen, maar mij kost dat wel de nodige moeite.

Misschien dat er echter wel een vorm van sadisme in mij schuil gaat.

Met de nodige nostalgische gevoelens denk ik aan mijn eerste stappen in het carrière maken.

Of weemoed? Het gaat weer over vroeger, een verlangen naar. Maar naar wat dan?

Wat is dat toch, dat met het verstrijken van de jaren de melancholie toeneemt in combinatie met de gedachte aan vroeger. Omroep Max weet dat zo goed te commercialiseren.

Maar terug naar mijn carrière, daar was ik gebleven. Wonden verzorgen, dat was soms onderdeel van je dagelijkse werk als leerling-verpleegkundige.

Wondverzorging, tja, die pleisters eerst verwijderen, en dan vooral die pleisters die lekker breed op die ongeschoren, behaarde stukken huid waren aangebracht.

In mijn tijd waren het nog echte pleisters, van die brede bruine, die soms dagen moesten blijven zitten. En als je de pleister eindelijk mocht verwijderen, moest je daarna de plakresten met aceton verwijderen, zo erg was die rommel. Maar goed, het moest er een keer af. Feestje... Nou ja.

Een flinke ruk. Ik hoor me nog zeggen: 'Het is even pijnlijk hoor.' En rats.

Maar dat gezicht met of zonder die korte gil. Je kon bijna zelf de pijn voelen. Volgens mij was de grimas die ik daarbij trok te interpreteren als empathisch.

Of zou dat juist een vorm van sadisme zijn geweest? Een grimas van medeleven lijkt toch die aanname wat onderuit te halen want het was toch wel zo of het leek dat ik het zelf voelde. Deze gedachtegang analyserend denk ik eigenlijk dat het met mijn sadisme ook wel meevalt.

Dan fietsen bergop, dat is wel masochisme. Dat is wel even wat anders dan harsen met bruine pleister naast een operatiewond.

Wat is dat toch in mij dat verlangt naar die eeuwig durende pijn in je bovenbenen. Je nekspieren die ervoor zorgen dat je je hoofd nauwelijks meer kunt draaien. Dorst en nog eens dorst met een bidon vol water waar je geen slok van kan nemen omdat je alleen maar bezig bent met genoeg lucht naar binnen te halen, en dan dat verlangen naar een nog kleiner verzet dat mij omhoog moet stuwen maar er niet meer is? Al een hele tijd niet meer.

Die kwellende dorst, maar buiten adem zijn; er is vaak geen enkele mogelijkheid om het verlossende water naar binnen te werken omdat je de levensreddende lucht naar binnen moet zuigen. En je moet beide handen aan het stuur houden want de kruissnelheid is zodanig dat bij sturen met één hand omvallen tot de mogelijkheden behoort. Masochisme ten top ... Of? Naar de top.

Het is geen keuze, het is een gegeven. Naar lucht snakken en drinken, dat gaat niet samen. Altijd spannend waar de weg zo vriendelijk stijl is dat je er wel kunt drinken.

En het is ook niet de competitie. Ik neem geen tijd op om te kijken hoe lang ik over een klim doe.

Heeft ook geen zin want de vergelijking met anderen gaat sowieso mank. Het weer, windje in de rug, bagage en verschil van fiets.

Die pijn in je benen, die blijft omdat de volgende bocht niet gevolgd wordt door een kort vlak stuk zoals je hoopte, neen, steiler zelfs. Dat ik daar naar verlang?

Het vrije spel van overpeinzing glipt weg. Mijn gedachten worden weer opgepakt door de werkelijkheid van het moment, en wel datgene dat zich thans voor mijn ogen afspeelt.

Die lonkende bergen, ik zie ze.

Er is geen ontkomen aan, de komende uren blijft de horizon met die zwarte silhouetten het uitzicht bepalen. Soms kan een glooiing in het landschap anders beslissen, maar ik weet het, onvermijdelijk komt het terug. Maar voorlopig wisselen we gravelpaden van grijs grind af met het o zo prettige asfalt op een terrein waarvan je weet dat het geleidelijk omhoog gaat. Dat voelt niet echt als klimmen, het landschap glooit dus is er soms ook de ontspanning van het afdalen.

Inmiddels is de zon fel aanwezig, en mijn slecht behaarde hoofdhuid schreeuwt om een pet.

Geen pet dragen bij deze zonkracht of met regelmaat een sigaretje nemen, zal in schadelijkheid voor het fysieke voortbestaan niet zoveel uitmaken, denk ik. Ik hoor de roker bijna grinniken.

Na een half uurtje kieper ik een gedeelte van mijn bidon in mijn pet, en zet deze opnieuw op.

Een deel van het water verdwijnt via mijn nek naar mijn rug.

Alleen dat al geeft verkoeling, maar ook de natte pet zorgt voor een aangenaam gevoel op de plek waar ooit mijn haar heeft gezeten. Achteraf zou het kunnen dat het verspilling van kostbaar water is geweest, achteraf, maar meer dan waarschijnlijk heeft de volgende bebouwing een fontein. Hopelijk. Want één bidon is al leeg.

Dan is het vier uur geweest, en vanaf nu gaan we op zoek naar een slaapplaats. Met het enige lokmiddel dat de komende dagen negatieve invloed zal uitoefenen op mijn weerstandsvermogen … Dat biertje. Mijn tong plakt echt niet tegen mijn gehemelte, maar weer die routine en je zit er aan vast.

Het verlangen naar dat gerstenat groeit met de meter.

Het eerste Gasthof dat we tegenkomen staat aan een veel te drukke weg. Het is een risico deze niet te nemen, maar we nemen het, het risico dus. We peddelen door en speuren, voor zover dat mogelijk is, de horizon af naar bebouwing. We overleggen, en besluiten: als er over een kwartier nog niets is, dan raadplegen we de kaart want dan moeten we dorpen opzoeken buiten onze route misschien wel richting een stadje. Ons beleid is afgestemd om voor zes uur een slaapplaats te vinden, en rond die tijd ook in de buurt van een grotere plaats te zitten met meer kans op een hotel, mocht de kans van slagen op het vinden van een rustiek 'Gasthoofje' mislukken.

De kaart moet dat straks regelen.

We rijden een dorp in dat nog wel op onze route ligt, en ik besluit te vragen naar eet- en slaapmogelijkheden aan de eerste de beste persoon die we tegenkomen. Het is een vrouw in lokale klederdracht, en op leeftijd. Ik zie haar lichtelijk schrikken als ik haar aanspreek.

Mijn zonnebril moet af, dat realiseer ik mij plotseling. De combinatie pet en zonnebril zou wel eens bedreigend kunnen overkomen.

Of het accent is angstaanjagend, weet ik veel waar mijn accent op lijkt want vlekkeloos is mijn Duits beslist niet. En haar angsten ken ik niet. Gelukkig niet, denk ik nog.

Of het mijn maffiatronie is geweest of gewoon, het accent, dat schrikken, ik zal het nooit weten. Als ik mijn pet afzet, en het voorzetstuk van mijn bril heb verwijderd, zie ik haar glimlachen. Die glimlach … Ik zal hem nooit meer vergeten. Het legt haar tandvlees met een hoeveelheid lokaal slecht onderhouden grafzerken bloot, het zal ooit een gebit zijn geweest. Mijn blik boort zich vast in die vergane glorie, en ik moet mijn best doen goed te luisteren. Bij ieder woord wordt mijn blik getrokken naar die troosteloosheid die vanachter haar lippen tevoorschijn komt wanneer het woord een keelklank bevat.

Het is tijd om me te vermannen, tenslotte spreekt ze het plaatselijke dialect en dat is knap lastig te vertalen, laat staan te horen wat ze zegt.

Misschien een soort straf voor mijn gedachten over haar achterstallig onderhoud.

Gelukkig, er is in dit plaatsje een Gasthof, dat blijkt uit haar aanwijzingen. We gaan het vanzelf zien als we de door haar aangewezen rijrichting volgen, zegt ze. Ik hoop het. Ik bedank haar in mijn meest vriendelijke Duits, en weer glimlacht ze naar mij.

Jeetje, wat een zooitje en ze is o zo aardig voor ons. Even moet ik denken aan de ochtend op het station. Ook toen had ik een confrontatie met een gebit zonder toekomst. Maar de oorzaak lijkt me in beide gevallen wel verschillend.

De vertaling bleek de juiste, de vrouw met de goddelijke glimlach heeft het me goed uitgelegd, de slaapplaats is daar. We komen bij een huis waar op de zijgevel het woord 'Gasthof' staat geschilderd. In die typische, Gotische letters die Duitsland zo kunnen kenmerken. Ik stap af, en zoek een plaats om mijn fiets neer te zetten.

Het Gasthof staat niet direct aan de straat, maar heeft een grote tuin met veel gras. Daar moeten we eerst een tiental meter doorheen over een strak aangelegd pad met witte grind.

Het lijkt op het eerste gezicht een gewoon woonhuis, maar we zien aan de andere zijkant glaswerk met neonverlichting hangen met de kleuren van een plaatselijke bierbrouwer. Want het merk is mij onbekend.

En dat het om bier gaat, kun je afleiden omdat een gevulde bierpul wordt doorschreven met letters die een naam duiden. Aying en Bier. Het Gasthof krijgt meer en meer betekenis. De beoordelingsscore voor een eventuele review stijgt.

Als ik goed kijk, het huis naderend, lijkt het of er van het meest rechterraam door de gordijnen heen een biertap zichtbaar is. Nou ja, raam, tijdens het naderen verandert het raam zomaar in een schuifpui. Verder ziet het er verdomd verlaten uit.

De neonreclame aan de muur is het enige licht dat ik kan ontwaarden, maar voor de rest in het huis geen enkele vorm van licht dat mag duiden op bedrijvigheid.

Nog even kruisen onze blikken zich, en ik haal mijn schouders op.

Geen bordje te zien met daarop: 'heute Ruhetag', dus?

'Vragen kan geen kwaad,' zegt mijn vriend die mijn houding leest. Ik durf niet zomaar te proberen of de deur open kan. De bel naast de deur lijkt me de meest aangewezen oplossing om iemand binnen te bereiken. Een beetje verbouwereerd doe ik een stap naar achteren omdat onmiddellijk de deur opengaat. Wil ik net de bel gebruiken, gebeurt dat.

In het Duits krijg ik te horen van de man in de deuropening dat hij ons had zien staan, en hij wel verwachtte dat een van ons zou komen. Ik kijk naar een man die volkomen voldoet aan het prototype Beiers. Bolle rode wangen, evenals de neus. De buik kan ik niet controleren op kleur, maar bol is in dit geval een lichtelijk ondergekwalificeerde omschrijving van het betreffende lichaamsdeel. Het lijkt erop dat de knopen van een wit overhemd en de bretels van de lederhose het nog net redden de boel bij elkaar te houden. Maar hij kijkt mij o zo vriendelijk aan, de gastvrijheid straalt ervan af.

Ik vertel hem in mijn beste Duits dat we op zoek zijn naar slapen en eten. En denk daarbij, ook bier, maar zeg dat nog niet. Maar dan die eerste zin van de goede man, die o zo bekende zin die wij helaas, meestal erg ongelegen, tegenkomen op een bord geschreven bij de deur van een Gasthof.

'Heute haben wir Ruhetag.'

Maar nu in woorden. En zijn woorden denderen zo via mijn gehoorgang mijn brein binnen. Het was al een warme dag. Eigenlijk wil ik dus niet verder zoeken. Ik voel dan ook dat mijn mimiek een uitdrukking van teleurstelling aan het boetseren is.

Dan echter zegt de goede man: 'Aber schlafen ist möglich.'

Het boetseren stopt onmiddellijk. Sterker nog, de klei brokkelt onmiddellijk af omdat mijn brede glimlach deze kleine aardverschuiving teweeg brengt.

Hij legt het uit: we kunnen slapen met ontbijt voor 35 euro per persoon, maar eten, dineren, daar doet hij niet aan vandaag. Even verderop in het dorp weet hij echter wel een goed restaurant. Toevallig is dat van zijn zoon, ja, ja, toevallig. Maar dat zal me een vegetarische worst zijn.

Dan roep ik naar mijn vriend de vertaling van ons gesprek, en wuif bij de woorden dat we ergens anders moeten eten, richting het dorp.

'Is goed, vraag eens of hij misschien bier heeft?'

Ongelofelijk, dat hij daar nu aan kan denken. Hebben we een slaapplek met enige improvisatie, en komt hij met die vraag. Ruhetag, dat hoort hij toch ook.

Ik probeer mijn schaamte te overwinnen en brutaal te zijn. Dus ik waag een poging, schuchter.

Ik vertel hem ons ritueel van eerst bier, en dan douchen.

Tot mijn verbazing is het geen enkele punt, alleen moeten we genoegen nemen met een flesje.

Tappen doet hij niet, het is tenslotte Ruhetag. Zijn handen geven de maat van het flesje aan zoals een visser zijn vangst, en dat stelt me gerust. Hij is tenslotte herbergier en geen visser.

Tot overmaat van goed geluk heeft hij ook nog eens de juiste glazen.

HOOFDSTUK 9

Cognac zonder streepje

De muziek die als alarmtoon is ingesteld om deze dag op tijd te beginnen, komt hard en scherp uit mijn telefoon galmen. Kom uit de bedstee van Rob Out. Ik hoor gegrinnik, en weet dat wat naast mij ligt, wakker is geworden. Het grinniken zal slaan op de gekozen alarmtune, hoop ik.

Het is eigenlijk nog vroeg, dus probeer ik nog een beetje na te genieten van de warmte onder het dekbed. Mijn lichaam strekt zich nog eens even lekker uit, en vervolgens laat ik mijn gedachten gaan.

Over een paar dagen zal ik mijn vriend moeten confronteren met mijn dubbele agenda.

Alle twijfel is inmiddels verdwenen, het is een beslissing waarvan het nu geen enkele zin meer zou hebben het anders te doen.

Pas als we ter plekke zijn waar in die tijd het ongeval heeft plaatsgevonden, zal ik het hem zeggen.

Als ik dat nu zou doen, dat voelt toch als een soort de boel belazeren.

Alweer een paar jaar geleden en wat gaat die tijd dan snel. Het begon eigenlijk al direct na het opstaan. Tijdens het aankleden en inpakken in een gesprek. Het onderwerp? Reanimeren.

Maar op dat moment niet meer dan een gespreksonderwerp. Achteraf, ja, dat is gemakkelijk praten.

Rinus begon er zelf over. Zoals gezegd, achteraf blijft dat wel voer voor Jomanda's, Chers en andere paragnosten. Waarom wilde hij juist dat op dat moment het eventueel wel of niet reanimeren als er wat zou gebeuren, bespreken? Op dat moment was hij echter wel stellig, voor hem geen reanimatie.

Slechts een klein uur later zou ik echter wel voor die keuze komen te staan, wel of niet reanimeren.

Maar dat wist ik uiteraard niet op het moment dat we dat gesprek daarover hadden.

Na het ontbijt waren we opgestapt, en gelijk die afdaling in. Het gesprek van die ochtend was ik al snel weer vergeten. Een schitterende afdaling was het, met mooie vergezichten. Helder weer dus dat hielp. We scheerden langs de flank van een berg met links de rotspartijen en rechts een geleidelijk aflopende diepte, een vallei met snel afwisselend landschap. Bebossing, almen, rustieke bebouwing hier en daar langs de andere berg neergezet. Ergens voor een volgende bocht naar links was er rechts een fantastisch uitzicht. Het nodigde uit om te stoppen, maar de verkeerssituatie was daar beslist niet naar. Links die steile rotswand en rechts een afrastering met een zeer smalle strook om eventueel als automobilist te kunnen uitwijken als er een breed voertuig van de andere kant zou naderen. Juist op dat punt hoorde ik achter mij mijn naam roepen door Rinus terwijl hij mij volgde met zo'n 60 km per uur, minstens. Hij riep dat hij wilde stoppen om een foto te maken. Althans dat maakte ik op uit de flarden van woorden die tot mij doordrongen want de luchtweerstand die langs mijn oren suisde, zorgde voor een slechte ontvangst.

Maar ik schudde mijn hoofd en riep met mijn hoofd schuin naar achteren dat het hier niet kon, te gevaarlijk. Lastig was het trouwens om met zo'n helm op te roepen naar de man achter je, dat is wat ik me nog herinner van het gebeuren. Het zou zomaar kunnen zijn dat ook hij geen woord kon horen wat ik naar hem schreeuwde. Op zo'n moment begrijp je ook de weerstand tegen dat instabiele knellen op je hoofd van zo'n helm. Ik hoor hem nog roepen: 'Ik stop' en hoorde zijn remmen schuren, kunststof op metaal. Wat kon ik anders dan ook stoppen.

'Hé joh, jij gaat toch altijd eerst?' Ik schrik wakker, weer.

Ben ik in slaap gevallen? Blijkbaar. Dat wordt dan opschieten. In de douche loop ik tegen kleerhangers met wielerkleding aan. Gisteravond heb ik onze wielerkleding gewassen, en te drogen gehangen, maar na inspectie moet ik concluderen dat het niet droog de tas in kan, het voelt nog vochtig aan.

Ik baal een beetje omdat het niet droog is, en smijt de klamme zooi op mijn helft van het bed.

Naast de kleding voor vandaag.

Mijn ervaring heeft geleerd dat ik nooit weet met welk alcoholpromillage ik 's avonds mijn bed inrol.

Laat staan hoe ik me voel als ik opsta. Dus alles ligt al klaar.

En gisteravond was ik daar best gelukkig mee, ik kon zo mijn bed inrollen met een geruststellend gevoel dat het morgen wel goed zou zitten. Onbedoeld dwalen mijn gedachten weer af, maar nu naar gisteravond. En dat terwijl ik routinematig tussendoor tanden poets, en water in mijn gezicht plens.

We komen aan in het skioord waar we dus nu zitten. Een klein dorpje met veel teveel hotels voor de zomer.

Het eerste de beste nemen we. Het hotel blijkt gerund te worden door twee dames op leeftijd. Waarschijnlijk van onze leeftijd, maar mijn brein doet aan ontkenning van het zelfbeeld als het gaat om leeftijd. Voor eeuwig jong, toch?

We kunnen tegen een redelijk bedrag slapen en eten, half pension, dat betekent niet à la carte eten.

In de zomer koken ze namelijk één pot. Met vlees.

Ik vertel dat ik eigenlijk geen vlees gebruik. Dat wordt het kantelpunt, ze kunnen daar geen rekening mee houden. Omdat ze in de zomer geen kok hebben, moeten zij dus nu in de keuken alles zelf doen en dat vraagt enige aanpassing.

Veel en oprecht klinkend excuus voor hun beperkte kookkunst, maar omdat ze in de winter keukenpersoneel hebben, is het vertrouwen bij mij in hun zomerkookkunst sowieso al geslonken.

De prijs voor de kamer bepaalt de keuze; we blijven, maar niet eten.

Nog even twijfel ik want een principiële vleesloze kun je mij niet noemen. Partij voor de Dieren heeft aan mij geen voorganger. Echter tegenover het hotel van de twee beste besjes ligt een ander hotel met restaurant waar we even later eerst op het terras zitten om het gemiste bier in te halen om daarna naar binnen te gaan om te eten.

En wat blijkt: er is deze week een internationaal jeugdvoetbaltoernooi, en om die reden hebben ze alleen buffet.

Het hotel zit vol met voetballers, en die hebben een eigen kok mee of, in overleg betreffende de samenstelling van het eten, een aangepast buffet.

Ook hier dus geen à la carte. En dat is even slikken …

Het wordt ons uitgelegd met handen en voeten door een allervriendelijkst meisje, maar zij is wel bereid om speciaal voor ons met de keuken te overleggen of er toch niet iets aparts gefikst kan worden.

Ze komt terug met een glimlach die alle frustratie uit ons slaat. Wat ze ook zal zeggen, we zullen het goed vinden. De keuken blijkt bereid frites te bakken, en ik kan vis krijgen. Mijn vriend zal het moeten doen met het vlees dat op het buffet aanwezig is.

Zonder voorgerecht moeten we verder toch maar genieten van hetgeen het buffet te bieden heeft. Zoals gezegd, alleen al om haar glimlach blijven we. En de aangepaste prijs voor het menu.

Daarnaast zijn we gebiologeerd door de aanwezigheid van … Mussolini.

Ongelofelijk, naast onze tafel namelijk, op een plank aan de muur, staat een grote buste van Mussolini. We kijken elkaar aan. En we kijken wat beter rond.

Er staat nog wel meer dat aan die periode herinnert. Relikwieën, misschien zelfs wel artefacten. Zitten wij fout of zit het hotel fout? Dat dit kan en nog bestaat?

We hebben echter al toegezegd dat we blijven, en Mussolini lacht ons niet uit, zijn karakteristieke trekken die wij kennen van de foto's zijn fantastisch verwerkt in het brok hout.

Het gaat tenslotte om de kunstenaar, nietwaar.

En dan is daar het moment van de hand met bord en vis, vergezeld door het meisje met de glimlach, en in de andere hand zonder bord, heeft ze een schaal met frites.

Eerst de frites op tafel en dan, met een zwierig gebaar, zweeft het bord gevuld met de vis richting mijn mes, vork en servet.

Nog net op tijd lukt het mij het servet weg te halen zodat het bord de juiste plaats kan krijgen.

De Italiaanse kok heeft in zijn ultieme poging een Michelinster te bemachtigen speciaal voor mij dit gemaakt, ik voel het.

Het meisje met de glimlach maakt een draai richting mijn door bestek afgetekend territorium. Het kruis als aanduiding voor de landing moet erbij gefantaseerd worden.

Om te laten merken dat ze ook het Frans beheerst, begeleidt ze haar zwierige zwaai met de woorden: 'Bon Appetit.'

Het bord zweeft voor mij langs naar de landingsplaats. En dan staat het daar, in volle glorie.

Met opperste verbazing neem ik een meesterwerk waar uit de wereld van de beroemde Italiaanse keuken. De combinatie inhoud/bord en mijn gezichtsuitdrukking leidt bij mijn vriend tot een vrolijkheid waarvan ik bang ben dat deze nog maanden zal duren.

De kok heeft zijn inspiratie opgedaan bij de elektrische blik-opener, dat is wel duidelijk.

Voor mij staat een diep bord waarin overduidelijk de inhoud van een blikje tonijn is omgekeerd.

De chef-kok heeft zijn leerling hoogstwaarschijnlijk gewezen op het hulpmiddel vork, en dat werkmateriaal heeft ervoor ge-zorgd dat die inhoud keurig over de bodem van het diepe bord is gedrapeerd. De vaardigheid voor de hantering van het hulp-middel zal vast voor de leerling-medewerker een compliment hebben opgeleverd door de chef-kok. Mijn avondeten. Nogmaals, Bon Appetit.

Ik kijk naar de andere kant van de tafel en zie het medele-ven. Tranen.

Helaas, niet van het empathisch verdriet, maar veel meer van het egocentrisch uitlachen.

De opwelling om hem te troosten en de tranen te drogen kan ik met gemak onderdrukken door hem te vragen om naar het buffet te gaan. Om alleen te zitten eten, niet gezellig.

Als ik toch dit voer naar binnen moet werken, dan in ieder geval in gezelschap.

Zijn gang naar het buffet is licht gebogen, alsof hij gebukt gaat onder de rampspoed die mij is overkomen.

Met de rug van zijn hand wist hij de sporen uit van het grote verdriet, de tranen verdampen op de lichtgebruinde handen, nog steeds zo warm van de opgedane zonnesterkte van de afgelopen dag.

Verdriet? Was het dat maar.

Maar ik voel me wel intens zielig, hongerig als ik ben, en nog uitgelachen bovendien.

De dames van de overzijde ondergewaardeerd de rug toegekeerd, gekozen voor een klasse restaurant met als resultaat vis van misschien wel jaren oud, goed geconserveerd, dat weer wel, bijna uitgestorven, dat ook, weggeprakt in een veel te diep bord.

Daar zit ik dan.

Met weemoed denk ik aan de oudjes aan de overkant. Met hoeveel liefde staan zij nu te koken voor de andere gasten? Mijn humeur fleurt een beetje op bij het zien van het bord van mijn vriend die inmiddels is teruggekeerd na zijn bezoek aan bij het buffet.

Het is hem gelukt enkele plakjes ham en chorizoworst naast de sla met tomaat te garneren.

Mijn wraak voel ik opwellen.

Ik ken zijn voorkeur voor een lekker stukje gebraad.

'Ziet er lekker uit,' en ik knik met mijn hoofd richting bord.

'Zal ik de frites opscheppen voor je?' Ik reik al naar de schaal en een lepel die daar niet voor is bedoeld, maar daar wel voor kan doorgaan.

'Het lijkt me beter dat je eerst zelf pakt; die vis kan wel een beetje extra voer gebruiken.'

In al mijn zelfmedelijden moet ik nu wel een beetje lachen, een beetje dan.

'Zullen we een fles wijn nemen?' stelt hij vragend voor.

'Ben je besodemietert, ik ga deze tent beslist niet sponseren. Tussen haakjes, als we nu hard weglopen, wat zal er gebeuren?'

Die gedachte heb ik dus serieus, ik, die nog geen zakje zalmkruiden onbetaald langs de kassa van Appie kan laten gaan.

'Nou ik hier ben, vreet ik het maar op ook,' en ik deponeer bijna de hele schaal frites bij de geprakte vaal-roze massa.

'Er is ook nog sla,' hoor ik de overkant gesmoord zeggen, 'misschien dat de tonijn vegetariër is.'

Vernietigend kijk ik naar de overkant, en schiet in de lach. Hij heeft de overige paar frites bij de ham, chorizo en salade gegooid. In de Goelag hadden ze er waarschijnlijk om gevochten, maar wij, stelletje door en door verwende vakantiegangers, wij spreken er schande van. Echter, er rest verder geen andere keuze dan ons lijdzaam te onderwerpen aan de culinaire marteling. Na een dag fietsen moet je eten, je hebt honger.

Het gaat dan ook wel naar binnen, maar met de nodige opmerkingen.

'Wat krast daar, zit het blik soms nog onderin je bord?' of 'Het lijkt wel tonijn, maar heb jij de verpakking wel goed gelezen?' 'Dat dampende vlees beslaat je brillenglazen.' of 'Staan er alleen van die kleine bordjes bij het buffet? Heb je wel genoeg?'

En drinken doen we dus niet, bang dat die twee borden gevuld met ongenoegen toch nog te veel gaat opbrengen. En die tonijn had zijn zwemmend leven toch al jaren achter zich liggen.

De eindafrekening valt goed.

Dat komt mede omdat men is vergeten de consumpties van het terras op de rekening te zetten.

Het is verrassend om te ervaren dat sommige minder prettige ervaringen die je dan overkomen, tot geheel ander moreel gedachtengoed kan leiden en erger ... er ook nog naar laat handelen. We gaan er snel vandoor. Betaald, maar ... te weinig.

Tot overmaat van ramp begint het nog te regenen ook. Geen jas, op sandalen. 2100 meter hoog. Dus koud. Echt koud. Toen we aankwamen, was daar nog de zon die zijn warmte in stralen verwend over ons heen had gestreeld.

We hadden reeds besloten om na afloop van ons feestmaal ergens anders van een dessert te gaan genieten. Uit wraakgevoelens hebben we dat niet besteld in Mussolini's mausoleum. Bij aankomst hebben we een ijssalon gezien, toen nog niet wetende dat de avond zou veranderen in een deurloze veel te grote koelkast neergezet onder een in werking gezette sprinklerinstallatie.

Het ijsje dat we eten staat weliswaar in verhouding met onze beleving. Maar het maakt ietsje goed. Klein en snel wegwerken. Het is omdat het bevrediging moet geven voor het onrecht dat ons is aangedaan. Ook maar weer snel weg wezen. Weer die kou in. Jezus, wat een baggerweer.

Mijn humeur wordt er niet beter op, en ik besluit vooral stilzwijgend mijn weg te vervolgen.

In ieder geval niet teveel zeggen, en vooral nu niet beginnen over dat bord zogenaamde vis.

En of hij het aanvoelt of … Hij heeft schijnbaar hetzelfde klote gevoel.

We vervolgen onze weg, twee monniken met zwijgplicht na een week van vasten.

Wat wij bij aankomst niet hebben gezien, maar dat door de avondverlichting nu wel zichtbaar is, is dat er naast de hoofdingang van 'ons' hotel een soort bar aangebouwd is.

Het is duidelijk onderdeel van het hotel maar van latere datum. Het voornaamste doel lijkt de verkoop van rookwaren, maar binnen langs de kant staan twee kunstlederen banken, en langs de wand achterin staan flessen met drank keurig gerangschikt zodat de inhoud gemakkelijk is te bepalen. Pronkend staan ze ons uit te dagen, blijkbaar wetende dat wij getroost dienen te worden.

We kijken elkaar aan, rillend. Soms is een blik genoeg. Nu ook. Triestheid moet worden weggespoeld.

In het licht achter het raam is een vrouw te zien die in een geanimeerd gesprek is met een wat oudere en grijzige man. Keurig in kostuum en een kapper die er zijn mag.

De barkruk wordt haast niet gebruikt door de goede man, hij steunt met beide armen op de bar, en probeert haar iets te vragen. Zijn bovenlichaam hangt helemaal over de bar om zijn gezicht zo dicht mogelijk bij het hare te krijgen. Wat zou hij zo zachtjes willen vragen? Of is het wat anders?

Het is meer dan elkaar kennen. Je ziet overduidelijk haar smachten, en zijn ogen halen haar naar binnen. Naar binnen, wij ook, maar dan door de deur.

Mijn vriend valt neer op een van de veganistisch beklede banken, en draagt mij op om te vragen of ze ook Franse cognac hebben staan. Ik hoef het niet te vragen, ik zie tussen de flessen de fles, pronkend, uitdagend, verleidend en ... troostend.

Ik moet ongewild aan de blik van de vrouw achter de bar denken. Waarschijnlijk heb ik nu een gelijkende blik. En daarmee komt een beetje vreugde stilletjes bij mij naar binnen. Ik krijg weer zin iets te zeggen.

Of me te laten zeggen. De vrouw achter de toonbank, of bar, moeilijk te zeggen, komt naar me toe.

Ik herken haar ... en zij mij.

Haar allervriendelijkste glimlach heeft ze mij die middag bij aankomst al geschonken. Nu blijkt ze duidelijk iets minder enthousiast over mijn komst. Waarom haar gedrag zo kortaf, en haar mimiek zo stuurs lijkt, kan ik wel verklaren uit de achterwaartse, kokette blik die ze nog snel werpt naar de man met de inhalige ogen. Het is overduidelijk dat wij haar hebben gestoord.

Onze wens is echter intens, zoals al eerder gezegd, verlangend naar warmte, troost en ... cognac.

Maar ook genoegdoening, misschien dat de cognac onze avond nog goed zal kunnen maken. Alhoewel, een halve fles misschien, gezien de culinaire miskleun.

Ik bestel twee Franse cognac, en tot mijn stomme verbazing zet zij twee longdrinkglazen neer.

Mijn blik vliegt snel over de planken met glazen. Daar staan ze toch echt.

Die leuke bolle glazen.

Mijn verkleuming en gebrek aan vooral parate Italiaanse taalkennis doen mij zwijgen en toekijken.

Het kan ook de traagheid van reageren zijn door de kou. Ik weet het echt niet. Leeftijd dan misschien? Dat laatste ontken ik echter ten stelligste.

Of misschien wel murw geslagen door zoveel tegenslag op één avond met nu als afsluiting een lekkere, warme, troost biedende cognac in een verkeerd glas. Kan het nog erger?

En dat terwijl ik mij ook nog eens realiseer dat ik goed moet opletten dat ze de cognac niet zal verpesten door er cola bij te gooien. Of nog erger, ijs

De inhoud van de fles wordt het glas in gekieperd. Letterlijk. Het klotst het glas in.

Is het ongeduld van haar kant?

En het stopt maar niet.

Pas als het glas voor drie vierde gevuld is, reageert mijn onbewuste met de woorden: 'Ho, ho, genoeg.' Maar het is in het Nederlands.

Mijn hand maakt een zwaaiende beweging van stoppen.

Internationaal bekend gebaar ... hoop ik.

Ze begrijpt het ... denk ik.

Haar hand, met fles, gaat vervolgens naar het andere glas, en vult dat eveneens, even vol. Ze doet geen enkele moeite om de glazen te vergelijken op dezelfde inhoud. Ik kijk achterom, en zie een glimlach. Als zij klaar is, zet ze de fles weg, en maakt geen enkele aanstalten er cola bij te doen. Alhoewel, veel kan er echt niet meer bij.

Mij verder geen enkele blik waardig gunnend, verdwijnt ze weer naar de andere klant. Althans, is het wel een klant?

Ik pak de glazen, zet ze op een tafeltje tussen de banken in, en laat mij op de andere bank ploffen.

Vol ongeloof. Longdrink glazen met Franse cognac.

Onbegrip, maar ook onverschilligheid maakt zich meester van ons.

Sterker nog, deze avond vraagt erom. Snel vergeten. Hoe? Maakt niet uit.

Ondertussen genietend van de verkeerde glazen met minimaal vier-vijf dubbele inhoud dan bij een echt cognacglas, bekijken wij vanaf dat moment met de nodige belangstelling het tafereel dat zich voor onze ogen afspeelt. Het brood is de cognac, de twee torteltjes de spelen: amusement voor twee.

De dame die ons vanmiddag zo vriendelijk had verwelkomd, en waarvan wij dachten dat het een wat bejaarde, al jaren vergeten, vrijster was, is zich aan het ontpoppen als een krolse kat. Zij hangt nu eveneens over de bar vanaf de andere kant, en doet geen enkele moeite om niet te dicht bij hem te komen. Hij hangt daar al een poosje; ook tijdens haar tijdelijke afwezigheid is zijn houding niet echt veranderd. Alle bewegingen van haar zijn gericht op het veroveren van de andere kant. En dat gedurende de tijd die het kost om een longdrinkglas met cognac te ledigen.

Voordat we ons een voorstelling van seks voor bejaarden zullen gaan maken, besluiten we de volgende gok te wagen.

Nog een glas. Jeetje, de gedachte alleen al.

We weten dat we genoeg hebben binnengekregen, maar daar merken we op dat moment nog niets van. Ik zet dan ook de twee lege glazen met een lichte tik op de bar met de bedoeling dat de barjuffrouw mij wel zal horen.

Een totaal verkeerde gedachte.

Er zit niets anders op dan op een nog luidruchtigere manier het idyllische tafereel te verstoren. Ik doe of ik per ongeluk de glazen tegen elkaar aan zet. Zelfs ik schrik en kijk vlug of er echt geen barst is verschenen. Maar … geen reactie.

Nu een herhaling, bijna breken ze echt, het rinkelt heftig.

Nog geen enkele reactie.

Met een paar passen ben ik bij het stel, en verzoek om nog een keer hetzelfde. Met een internationaal erkende handbeweging die bekend staat als: schenk nog maar eens in. Haar hand gaat verontschuldigend op zijn hand, klopt een paar keer zachtjes ten teken dat ze zo wel terug zal komen. Is mijn interpretatie. En een logische, afgaande op hetgeen te zien is.

Vernietigend kijkt ze mij aan, maar loopt wel naar de glazen.

Ik kan het niet laten, ik geef de man een knipoog; zo van, dat zit wel goed.

Hij glimlacht, het is of ik Berlusconi zie. Alleen de vrouwelijke hoofdrolspeelster hier maakt het verschil. Snel draai ik mij weer om.

Inmiddels heeft zij de fles alweer gepakt, en het blijkt dat ze de eerste keer goed heeft geoefend. Wederom, keurig te veel, verdeeld over de twee zelfde longdrink glazen.

Zelfs ietsjes meer want nu reageer ik niet, zelfs niet in het Nederlands.

Met een ongeduldige beweging wordt de bijna lege fles terug-gezet. Of het op de hotelrekening mag of dat we nu af moesten rekenen. Het was nu, en we rekenen vier Franse cognacjes af.

Persoonlijk denk ik dat ik in mijn slaap dronken ben geworden.

Ik ben klaar met mijn toilet maken. Mijn tas is alweer een poos-je ingepakt, en ligt op bed te wachten tot de ander klaar zal zijn met inpakken.

Ik glimlach bij de gedachte wat er zal gaan gebeuren. Wat licht gemompel over hetgeen dat hij zo links en rechts of van de grond oppakt, en in een bepaalde volgorde die in zijn hoofd zit, dat in zijn tas laat verdwijnen.

Zijn blik schiet voor een laatste keer door de kamer, de laatste tas wordt dichtgesnoerd en toen … Ik krijg gelijk, zijn schoenen, bijna vergeten de schoenen in te pakken. Al zijn we dan een paar dagen verder, toch gewonnen van de weddenschap met mijzelf.

'Bijna mijn schoenen vergeten.'

Wel goed voor mijn ego.

Tas weer open en dicht. Weer die blik, eindelijk, klaar. En nu ontbijten.

Met een vruchtensapje.

HOOFDSTUK 10

Spijt of pijn?

We zijn aan de voet van de klim beland en knikken naar elkaar. Meer is niet nodig.

Het is het knikje dat duidelijk maakt dat de verstandhouding onderling gegroeid is. Ieder vanaf nu zijn eigen tempo. We zien wel waar wie wacht op wie.

Ik controleer voor een laatste keer de inhoud van mijn bidons. Onzekerheid? Bijgeloof? Ik ken de inhoud, waarom voer ik dan de handeling nog een keer uit?

Het is een ritueel en je zit er aan vast.

De zon staat al aardig hoog, het is dan ook al rond de klok van elf. Inmiddels heb ik wel de eerste klimmeters afgelegd, en zoek naar de juiste versnelling. Dat betekent ook de oneindige blik op vooruit, zoekend naar hetgeen er straks zal komen. Veel zie ik niet, bomen belemmeren het uitzicht daar waar de weg – al na een vijftigtal meters – een flauwe bocht neemt. Vijftig meter asfalt en dan die bocht? Wat komt er achter die bocht? Geen idee. Alleen maar een vermoeden op basis van ervaring.

Op dit moment vervloek ik in stilte de beslissing om de Alpen in te gaan. Mijn kont richt zich op van het zadel, en met het gewicht van de rest van mijn lichaam druk ik de trappers om en om naar beneden met een herhalingsmechanisme tot er weer een beetje snelheid inzit. Ik ga van zeven naar negen km per uur.

Op het vlakke zou je het bijna achteruitfietsen noemen. Eindeloos is de onzichtbare weg die zich in mijn verbeelding als een genadeloze streep trekt naar het einde waarvan je weet dat het slechts die bocht is met misschien daarna nog wel een steiler stuk omhoog. Of niet. Maar het is voor mij een overlevingsstrategie: die bocht, dat punt.

Voor mij is dat het mechanisme om een langdurige klim door te komen. Je vastbijten op een punt voor je, en dat dan bereiken.

Dat hoeft niet altijd een bocht te zijn, kan ook het begin van een vangrail zijn of een bermpaaltje. Het is een afbakening van allemaal kleine trajecten die zullen moeten leiden tot het volbrengen van de zelfgekozen veel te lange kruistocht.

Maar vast staat wel: het gaat sowieso omhoog. Maar hoe steil? Ik besluit om op mijn verzet minimaal een tandje over te houden zolang het kan. Het stukje dat ik kan zien, lijkt steil. En zo voelt het ook. Vijftig meter? Er komt verdikkeme maar geen eind aan.

Al na een paar trappen zit ik toch in mijn kleinste versnelling, en zoals altijd vraag ik mij af waar ik mee bezig ben.

Welke idioot gaat er in zijn zuurverdiende vakantie een dergelijke inspanning verrichten? Ik dus.

Even gaan mijn gedachten naar een vakantie in een resort. Niks doen, liggen, eten en drinken. Mensen kijken, dronken worden.

Maar … altijd dezelfde mensen om je heen die over alles een mening hebben. Niks is er goed. Altijd wel wat te zeuren. Nooit even lekker alleen met je eigen gedachten, een hapje eten of iets drinken.

Waar iedereen twee keer dat broodje in zijn handen neemt, erin knijpt en teruglegt, juist dat broodje dat jij graag wilde hebben. En dan die borden die voorbij gaan; tot de rand toe gevuld, maar waar je wel met een knorrende maag op heb staan wachten tot ze vol waren geschept. Terwijl je wel twintig keer kan terugkeren om op te scheppen. Dat soort inhaligheid kan mij irriteren. Dus alleen al die gedachte, weg ermee. Ik probeer aan iets anders te denken.

Ondertussen ben ik toch vijftig meter verder. Ik zoek een volgende punt om mij op te focussen. Het is een dode boom. Waarom juist die dode boom, er staat even verder een kilometerpaaltje. Misschien uit medeleven? Bij de tweede bocht is mijn shirt door en door nat en verlang ik naar een slok water. Mijn veel te snelle ademhaling noodzakelijk om te voldoen aan de vraag naar zuurstof, belemmert elke mogelijkheid om ook maar één slok te nemen.

Onder mijn arm door kijk ik naar achteren, en constateer dat de afstand tot de ander gering is.

Ik zie ook het aantal omwentelingen die hij maakt, en ben wederom jaloers op zijn mogelijkheid nog kleiner te kunnen schakelen. En dan te weten dat ik eenzelfde fiets thuis heb staan, maar gebruik voor woon-werkverkeer. Thuis, waar de steilste helling bestaat uit een fietsbrug over de snelweg. Waarom zit ik zo vast aan de fiets waarop ik nu zit? Ritueel? Omdat het in naam een toerfiets is? Nostalgie? Het stuur pakt wel lekker vast.

En ik besluit dat dat laatste de reden is van mijn keuze voor deze fiets met een veel te groot verzet hoewel de fietsenmaker mij uitdrukkelijk kenbaar heeft gemaakt dat mijn huidig verzet het kleinst mogelijke is dat op deze fiets past. Ik moet het ermee doen. Dan maar in vergelijk met de ander een groter verzet voor lief nemen. Ik ben nu voorbij de bocht, en moet nog veertien-en-een-halve kilometer met een te zware versnelling dit superviaduct op. Flauwe bocht? Integendeel. Heel erg haaks en een paar meter verder alweer één, maar dan de andere kant op. Daarom vertekende het daarstraks. Een flauwe bocht dacht ik nog maar deze dubbele bocht zorgde ervoor dat ik daarstraks dacht dat de weg na een flauwe bocht gelijk door liep. Helaas. Er wachten mij een tiental hoogtemeters verdeeld over twee bochten. Maar de eerste is een vrij vlakke bocht die mij de mogelijkheid biedt snel de bidon te pakken. Mijn tanden zetten zich op het tuitje van de bidon gelijk een haai zijn prooi pakt, kop opzij, scheur met geweld met diezelfde tanden de dop omhoog, en spuit het water in de hoeveelheid van twee slokken richting mijn slokdarm.

Althans, dat is de bedoeling.

Mijn heftige dorst maakt mij onvoorzichtig, en de hoeveelheid water zorgt voor een stuwing bij mijn huig. Onmiddellijk volgt er een hoestbui. Komt dat goed uit? Niet dus.

Lekker buiten adem is daar een bocht om even tot rust te komen en wat doe ik? Ik verslik me.

Stommer kun je niet zijn.

Zal ik even stoppen? Even snel als de gedachte opkomt, zet ik die van mij af.

De wetenschap om dan achter mijn fietsmaat aan te moeten, zorgt ervoor dat ik mij weer bewust ben van het competitieve element als onderdeel van mijn karakter.

Ik moet en zal als eerste boven zijn.

Ik hoest verder zoals ook mijn benen verder hun werk blijven doen. Mijn honger naar zuurstof wordt danig belemmerd, maar ik overleef het. Ook de derde bocht. En dan een slingerende streep die langzaam stijgt bovenlangs de onderliggende vallei. Op souplesse gaat het al een poosje niet meer. Stampwerk. Tjeetje, wat zijn die eerste meters steil. Ik weet uit ervaring dat er altijd weer wel een stuk komt waar je even op adem kunt komen. Als je tenminste slim drinkt.

Een plek waar je benen rust kunnen vinden of, met iets meer geluk, dat er een Gasthof komt waar je even kunt rusten zonder dat de ander merkt dat je dat hard nodig hebt.

Ik kijk vooruit, en gedwongen door het stijgingspercentage glijdt mijn blik omhoog.

Boven mij torent de volgende bocht met eenzelfde draai naar rechts. Ik spits mijn oren.

Soms kan het geluid van een naderende auto een indicatie geven van waar je heen moet.

Hoe steil het stuk is dat na de bocht dan voor je ligt. Maar geen geluid, alleen vogels.

En … koebellen. Ze galmen de vallei in. Een schitterend gehoor. Maar nog ver weg.

Ik zet mijn handen ergens anders, te lang dezelfde houding. Met dank aan de fietskeuze want het stuur laat toe dat ik mijn handen anders kan zetten. Mijn hoofd beweeg ik zo dat de spanning uit mijn schouders schiet, tijdelijk, ik weet het. Alle trainingen met gewichten ten spijt, het trekken aan het stuur vergt zijn tol. Spieren van armen en nek gaan meer pijn doen dan die van mijn benen.

Ik denk even 'waar ben ik mee bezig?' maar zet dat weer net zo vlug van mij af. Helaas, waar de ene gedachte verdrongen wordt, komt vanzelf de volgende gedachte naar boven in een strijd die in alle eenzaamheid met niets anders dan kunnen denken, gestreden gaat worden.

En de te verrichten inspanningen om boven te komen, gaan eveneens vanzelf op automatische piloot.

Rinus had het in ons eerste jaar samen reuze naar zijn zin wat op een zeker moment ontaardde in een actie van zorgeloosheid, maar ik twijfel of het de tweede of derde dag was van die vakantie. Het was dat moment waar dat jongensachtige bij hem naar boven kwam, een beetje ook dat uitdagende. Voor ons lag een korte, steile helling, erg steil, maar nog niet de lengte van een viaduct. Hij sprong uit mijn wiel – om in wielerjargon te spreken – die hele korte maar steile helling op die dus voor ons opdoemde.

Lachend stond hij na een tiental meter op de top op mij te wachten.

Waarop ik hem uit zijn plezierige modus trok door hem te vertellen dat nooit meer te doen. En ik was best wel streng eigenlijk, denk ik.

Met de opmerking erbij dat je nooit van tevoren weet wat erna komt.

Een dag later kwam hij terug op mijn opmerking omdat hij die in eerste instantie helemaal niet begreep. Wel een signaal voor mij dat ik zijn enthousiasme niet zo had moeten vermoorden.

Maar na de eerste dag met echte beklimmingen snapte hij wel wat ik die dag had bedoeld. Begin nooit te hard aan de voet van een klim want je weet echt nooit wat daar weer achteraan komt. Zeker wanneer het je eerste keer is, weet je echt niet wat je te wachten staat. Ervaring, die krijg je gratis.

De volgende bocht. Even drinken. Het lijkt minder steil te worden, maar als ik naar achteren kijk en dan weer naar boven, is het duidelijk. Even steil. Alles went, ook de moeilijkheidsgraad.

Dan kijk ik nog een keer achterom.

Mijn vriend staat stil en neemt ook een slok. Veel verstandiger dan mijn idiote gedrag dat vooral gericht is op doorgaan nog stammend uit de tijd dat jaren nog niet telden. Vroeger namelijk was het mijn eer te na om in de klim ergens te stoppen Heel soms alleen om water bij te tanken, en dat vond ik in die tijd al een smetje op mijn erelijst.

Beter is verslikken en te weinig water naar binnen werken.

Goed bezig?

Verder. Ik moet verder. Die drang, toch wel.

Maar ook mijn gedachten gaan verder. De rest gaat vanzelf. Nou ja, vanzelf.

Al snel had Rinus door dat je jezelf op eigen tempo naar boven moest werken.

En dat deed hij echt wel goed. Zelfs rond lunchtijd wilde hij liever doorrijden en niet eten. Hij had nog geen honger eigenlijk, zei hij dan. Ondanks mijn waarschuwing bleef hij bij zijn weigering waardoor hij mij voor de keuze stelde zelf wel te eten of ook maar eens overslaan. Ik besloot het eerste en het laatste en propte me onderweg wel vol met mueslirepen. Een paar uur later stond ik te wachten op de top waar hij na een twintigtal minuten naast mij stopte en toen letterlijk omviel. Hij voelde zich slap en uitgewrongen. En hij had het koud. In eerste instantie schrok ik uiteraard. Had ik hem overschat? Maar zijn klachten aangehoord hebbende, wist ik genoeg.

In wielerjargon heet zoiets 'hongerklop'.

Weer een ervaring rijker. Maar hij vooral. Ik gaf hem een mueslireep.

Ik adviseerde hem snel wat meer te eten en een jasje aan te trekken. Een afdaling stond ons te wachten, en het eten was belangrijk omdat de daarbij behorende snelheden vragen om concentratie. Ik besloot beduidend minder risico te nemen bij het afdalen, en vaker dan normaal achterom te kijken. Aan tafel voor het avondeten klaagde hij nog steeds over kou. Ik besloot tot een drastische maatregel, en zonder dat hij wist wat ik ging doen, haalde ik een Franse cognac.

In een normaal glas, maar toen wist ik nog niet hetgeen ik nu weet. Dat het ook anders kan.

En met die gedachte moest ik inwendig wel even grinniken. De cognac toen en gisteren, hoe anders.

Inmiddels ben ik wel bijna bij de boomgrens gekomen. Mijn concentratie neemt het weer over van mijn gedachten. Gevaarlijk? Fietsen is gelukkig een geconditioneerde vaardigheid die bij mij tot gevolg heeft dat gedachten afdwalen, kunnen afdwalen … soms.

Wie heeft het nog nooit meegemaakt? Je rijdt in een auto van Den Haag naar Utrecht, in één keer ben je vijf of tien kilometer verder, en realiseer je je plotseling dat je al voorbij Zoetermeer bent zonder dat je het hebt opgemerkt.

Je schrikt min of meer wakker omdat je moest uitwijken voor huftergedrag voor je. Nu schrik ik ook, puin op de weg. De snelheid op de fiets is nu nog laag zodat een kleine zwaai naar links op tijd kan worden uitgevoerd. Was het een stuk steen dat van boven kwam? Of gevallen uit een vrachtwagen?

Spannend. Die eerste. Misschien komt er dan nog meer?

Gelukkig zijn dus niet alle reflexen uitgeschakeld, en maar goed ook.

Zweetdruppels vallen op de stang van mijn fiets. Lijkt me voor de lak niet goed dus beweeg ik mijn hoofd wat naar links. Nu vallen de druppels op het asfalt waar ze zich als uitdijende zwarte vlekken laten aftekenen en in zeer korte tijd ook weer verdwijnen omdat het asfalt inmiddels gloeiend heet is geworden door de geseling van de middagzon. Maar niet alleen het asfalt is lijdend. Mijn wenkbrauwen zijn niet meer in staat de hoeveelheid vocht op te vangen, en zijdelings af te voeren langs mijn slapen mijn nek in.

Het loopt nu mijn ogen in. Het zoutgehalte in die zweetdruppels zorgt voor een pijnlijke prikkeling.

Dat ook nog. In mijn ogen wrijven maakt het alleen maar erger.

Voor zover ik in staat ben om in mijn ogen te wrijven want om even een keer met één hand aan het stuur te fietsen met een stijgingspercentage van zes à zeven procent (of is het tien of meer), gaat doodeenvoudig niet. Het stijgingspercentage voelt trouwens aan als meer. Is er dan geen oplossing voor dit ongemak?

Een pet vangt het zweet op, weet ik uit ervaring. Als je de top bereikt is de pet zeiknat, en tijdens de afdaling hang ik mijn pet aan het stuur. Bij goed weer, zoals vandaag, is diezelfde pet altijd weer droog als ik aan het einde van de afdaling sta.

De luchtweerstand bij een snelheid tussen de zestig en zeventig kilometer per uur werkt als een centrifuge. Voor mijn pet dan wel te verstaan.

En juist die pet slingert aan mijn stuur van: Pak me dan, pak me dan.

Beide handen heb ik nodig om aan het stuur te trekken. De zeer geringe ontwikkelde snelheid moet met kracht op peil blijven. Anders dreig ik om te vallen. En die kracht betekent ook dat beide handen bezet zijn, en maar trekken aan dat stuur. Dat stuur met die lonkende pet.

Kenners zullen het weten, steil omhoog met één hand, onmogelijk.

Maar de huidige stroom van irriterend vocht dwingt mij dit besluit naar voren te halen, en mijn pet alsnog op te zetten. Mijn besluit staat vast: in de volgende bocht.

Daar zal ik toch geen spijt van krijgen?

Heb ik spijt dat ik het jaar daarop weer Rinus mee liet gaan? Achteraf is het gemakkelijk praten. Ik had hem mee willen nemen naar de Grossglockner. Eerst door een mooi stuk Italië. Dolomieten. Kijk naar de Giro en je zult het moeten beamen.

Hij had werkelijk genoten van die eerste fietsvakantie.

Vooral het gevoel van vrijheid kon hij goed omschrijven en wat dat voor hem betekende.

De klik was er, dus waarom dan niet nog een keertje.

Ik stamp verder. Hoe lang nog? De tijd vertelt dat het moment daar is om een maaltijd te nemen, maar een hongergevoel heb ik nog niet echt. Hongerklop is een ervaring die wel beter weet. Mijn gedachten moet ik nu maar eens proberen in andere banen te leiden, het is zaak om goed uit te kijken naar een gelegenheid om iets aan onze bloedsuikerspiegel te doen. Waarschijnlijk zal de ander inmiddels toch ook wel een hapje willen, denk ik zo. Al die tijd ben ik bijna routinematig naar boven gereden. Nou ja, gekropen.

Gevangen in het web van mijn gedachten. Juist die gedachten die ik de laatste tijd wel vaker heb.

Alleen vraag ik me nu af of het bij mijn levensfase hoort.

Jeugdherinneringen ophalen, erover nadenken, spijt hebben van dingen, en ook weer niet.

Heeft het misschien ook met de voortschrijdende tand des tijds te maken?

Ga ik binnenkort ook rouwadvertenties zitten lezen?

Een blik naar achteren brengt mij een stuk gemotiveerder terug in de werkelijkheid van de dag.

Geen vriend te zien. Te lang ben ik, in gedachten verzonken, aan het stampen geweest.

Ik besluit om te keren, en naar de eerstvolgende bocht af te dalen. Hoor ik een auto?

Met moeite kan ik mijn hoofd draaien. Pijnlijke nekspieren belemmeren om goed te kijken.

Geen geluid, geen zicht op een naderend motorvoertuig, dus keren maar.

Dan even moet ik in mijzelf glimlachen. Dit traject naar beneden gaat een stuk gemakkelijker.

Ik laat me gaan, maar wel in de kleine versnelling.

De natuurkrachten doen hun werk, en brengen mij naar de beoogde eerstvolgende bocht.

En ik ben nog niet in de bocht of kijk, daar komt hij. Op zijn gemak, zo lijkt het. Licht peddelend.

Ik knijp in de remmen en keer wederom.

Lastig is dat, juist in een bocht met een steil stukje.

Nog een keer dat stuk weg omhoog. Ik probeer niet om te vallen, juist nu ga ik nog langzamer want mijn vriend moet ik laten aansluiten om te kunnen overleggen.

Plotseling realiseer ik mij hoe gek het eigenlijk wel niet is dat ik me niets meer kan herinneren van dit stuk weg dat door mij voor de tweede keer gepasseerd wordt.

Ik zie plotseling dingen die mij hadden moeten opvallen, bijvoorbeeld glassplinters.

Ben ik daar doorheen gefietst? Ik zou het echt niet meer weten. Onbewust waarschijnlijk wel.

Verschillende medische redenen voor het niet meer weten flitsen door mijn hoofd tot uiteindelijk iemand naast mij komt, en mij vertelt dat het wel erg warm is. Dat weet ik wel. Mijn kort moment van zorg is weer even snel verdwenen als dat het kwam.

Mijn natte pet die ik overigens nauwelijks voel, zegt ook genoeg.

Wij gaan kort in overleg, tussen het ademhalen door want wat ik wel heb gezien, is dat ik denk dat er even verderop een horecagelegenheid is.

Eén parasol in zicht, en twee bij aankomst, maken nog geen culinair wonder. Dat blijkt te kloppen. Maar eten kunnen we.

Als we even later weer op de fiets zitten, wordt de situatie al snel weer gelijkwaardig aan de late ochtend. Te warm en steil. Met die uitzondering dat het landschap veranderd is.

De begroeiing is beduidend minder, en het uitzicht op de stukken weg nog te gaan worden langer, het landschap weidser. De weg ligt als een gekronkeld getrokken potloodstreep langs de bergwand, en ik zie hem langzaam omhoog slingeren.

Zeer bochtig maar overzichtelijk, nu wel. Je ziet niet één bocht, neen, het zijn er nog velen.

Tot de streep eindigt in de verte, goed zichtbaar.

Nog niet de top, denk ik, maar het kan niet veel verder zijn dan dat punt.

Als je zover kunt kijken, niet belemmerd door welke boom dan ook, en met deze zon, dan verlang ik terug naar de bomen.

En wat enkele kilometers geleden nog als gezang in de oren klonk, begint nu ook te irriteren.

De koebel.

En niet één, neen, tientallen, en nog uitkijken ook want ze lopen zo de weg over. Niet die koebel maar dat wat eraan vastgebonden zit. En dat is nog het minst erge. Soms blijft er een koe gewoon staan. En met een blik. En met wat zij achterlaat. Die stront, daar zullen we het maar niet over hebben.

Ik maak bewust een slingerbeweging met de fiets, er ligt weer glas op de weg, deze keer groen van kleur. Gelukkig geen auto die toevallig passeert want anders had ik die zeker geraakt. Denk ik. Ik moet beter opletten. Concentreren. En dan, een stukje afdaling in de klim.

Mijn pet neem ik af, leeg een gedeelte van mijn bidon in die pet, en zet hem snel op zodat het meeste water vanuit de pet over mijn hoofd verder mijn lichaam afstroomt. Is dat even lekker. Twee slokken in het juiste keelgat, ook lekker.

Nog een paar dagen en dan zijn we op de plek waar alles gebeurde. De plek waar ik heen moet. Denk ik. De plek die ik verdrongen heb. Denk ik. De plek die toch aan mij trekt. Dat wel. Moet ik het nu dan toch maar vertellen aan mijn vriend? Alweer die vraag en maar denken dat de beslissing gevallen was. Maar mijn angst is toch dat hij mijn wens verkeerd zal interpreteren. Hoewel ik hem niet zo inschat, heb ik geen behoefte aan gezeur aan mijn hoofd. En zoals de kaarten nu liggen, heb ik geen enkele behoefte aan die extra aandacht. Zit mijn opvoeding dwars? De Zeeuwse aard? Alles zelf uitzoeken? De vuile was niet buiten hangen?

Ik word ingehaald door een andere fietser. Dat kan. Met enige jaloezie kijk ik hem na. En waarom kan ik 'zijn wiel niet houden'? Even proberen. Na nog geen vijf meter haak ik teleurgesteld af. Geen kunst eigenlijk, hij zonder bagage, een racefiets. Ja, zo kan ik het ook. Die constatering met die uitleg, dat brengt mijn zelfbeeld weer tot aangename proporties terug. Het dwingt ook weer wel om mijn blik op de weg te richten.

Ik ben bijna in een bocht naar rechts, het zou zomaar de laatste bocht omhoog kunnen zijn.

Het uitzicht gaat niet verder.

Het landschap is groen maar kaal; dat wil zeggen, gras, mos en geen bomen.

En waar er geen groen is, priemen de rotsformaties als grijze eroderende menhirs omhoog om te zeggen dat je hier eigenlijk niet te lang moet blijven.

Ik trek de vergelijking met grafzerken. Een beetje sterven doe je immers als je eenmaal hier bent.

Einde marteling of niet. Toch heb ik iets meer lucht om eens om me heen te kijken. Het landschap oogt zo ongerept, en wij doen daar afbreuk aan. Samen met die koeien. Ik moet de neiging onderdrukken om niet even te rusten.

Vooral om even achterom kijken. Achter mij zie ik een vergelijkbaar lijden, wil ik zien, want vanaf de plaats waar ik mij bevind, kan ik het niet echt bevestigd krijgen.

Alleen zijn houding in vergelijking met de late ochtenduren is sterk veranderd.

Zijn neus komt steeds dichter bij het stuur, en het bovenlichaam beweegt mee om de kracht van de bovenbenen te optimaliseren. Meestal heeft hij oog voor zijn omgeving dat dan doorgaans blijkt uit zijn half opzittende houding, en het kijken naar links en rechts. En niet te vergeten, de foto's van onderweg. Hij maakt ze wel.

Nu is diezelfde blik gericht op het voorwiel en soms even een stukje verder. Het is dus afzien, vul ik in. Dat meer dan waarschijnlijk gemeenschappelijk lijden brengt mij ertoe om weer iets krachtiger aan te zetten. Mijn snelheid neemt met nog geen kilometer per uur toe. Dat scheelt flink.

Tot het bord. Hoogte 2503 m en ook in het Engels, God mag weten waarom. De naam van deze berg is deze keer duidelijk te lezen. Sommige borden zijn niet meer te lezen door de vele stickers die er op zijn geplakt. Maar wel of geen stickers, het kan me niets meer schelen, eindelijk boven.

Nu nog de foto maken die ook op Google staat.

HOOFDSTUK 11

Schlagerfestival

Het is te laat geworden om nog de Timmelsjoch te pakken. Een uitdagende klim op de grens van Oostenrijk en Italië. Waar het nogal kan spoken, het weer dan wel te verstaan. Aan de voet mooi weer en boven sneeuwen; kan zomaar. Ook in de zomer. Maar ik heb dat alleen van horen zeggen. En dat moet gecontroleerd worden. Met de hoop dat er niets van klopt.

Om halfweg de klim een slaapplaats te moeten zoeken met een snelheid van rond de 10 km per uur is zelfs voor ons een te groot risico. Echt van de route hoeven we niet af te wijken, slecht een kleine afwijking. We besluiten een flink dorp in te rijden gedrapeerd aan de voet van deze berg. De hoofdstraat komt me erg bekend voor, doet het me ergens aan denken, maar het wil me niet te binnen schieten. Het laat me niet los terwijl ik in die tussentijd om me heen kijk, naarstig op zoek naar het antwoord op die gedachten.

Maar het is hinken op twee gedachten, verdomd lastig als er bij de zoektocht naar een slaapplek ook een andere gedachte zich met jou bezig houdt. Nu is zoektocht een groot woord voor een dorp dat het duidelijk van het toerisme moet hebben. Toen wij het dorp inreden, stonden er op een bord een aantal verwijzingen naar hotels. Maar toch, het is hoogseizoen zomer en dat blijkt, het eerst beste hotel zit vol, gelukkig maar, het oogt onvriendelijk. Maar ... wel een kans minder.

Even verder op een zijmuur van een huis staat het woord pension geschilderd, niet direct onze keuze, maar de tijd loopt door.

Dan plotseling weet ik het weer.

De hoofdstraat met zijn typische Italiaanse zijstraatjes doet me denken aan het stadje waar ik noodgedwongen een aantal dagen moest blijven na het ongeval van Rinus.

Herinneringen gijzelen maar weer eens mijn gedachten terwijl ik bezig was mijn weerstand tegen het overnachten in een pension te overwinnen. Zo'n pension is soms met de pot mee-eten. Verwend als wij zijn, hebben we liever een uitgebreid keuzemenu. Hoewel nog maar kort geleden een dergelijke keuze door ons was afgewezen met alle nare gevolgen van dien, heeft het ons nog steeds niet kunnen overhalen minder kieskeurig te zijn. Slapen, douchen, dat mag ter discussie staan, maar dan wel à la carte eten. Na de ervaring met de tonijn van Michelinsterrenkwaliteit is die wens alleen maar vuriger geworden. Maar waar was ik gebleven met mijn gedachten?

O ja, drie dagen heb ik met mijn ziel onder de arm door die straatjes van dat stadje gelopen.

Na een halve dag kon ik de plattegrond van het stadje uit mijn hoofd natekenen.

In het hele stadje ben ik niemand tegengekomen die ook maar één woord Engels sprak, behalve dan de eigenares van het hotelletje waar ik verbleef. En zij sprak dat ook nog eens slechts heel gebrekkig.

Nog wonderbaarlijker waar ik tegen aanliep, was dat zelfs in het ziekenhuis er niemand rondliep waartegen ik ook maar iets kon zeggen. Zelfs de patholoog-anatoom sprak geen woord Engels.

Er was iemand nodig die moest vertalen.

Maria. Alleen de naam al. Maar het bleek gedurende de dagen van mijn verblijf in dat stadje, een toepasselijke naam.

Hoe zou het met haar zijn? Ergens heb ik haar adres opgeborgen. Zou ik de moed hebben om haar op te zoeken? Zij was wel degene die 's avonds heel even mijn eenzaamheid draagbaar kwam maken.

Wat ik me nog herinner van haar?

Altijd een te strakke zwarte jurk, uit modebewustzijn of omdat ze te goed geproportioneerd was, ook op plaatsen waar je het niet wilt zien eigenlijk. Schuldbewust schud ik even met mijn hoofd, die vrouwonvriendelijke gedachte verdient ze zeker niet, maar dat beeld roept ze wel bij me op, op dit moment.

Het was ook nog eens veel te warm in die tijd, haar hoofd liep al snel rood aan, en ze transpireerde gemakkelijk. Soms rook ik dat ook, en ik weet nog dat ik vreselijk mijn best deed dat te negeren omdat ze o zo aardig tegen me was.

Maar de lange tijd dat ze er niet was, was even ondragelijk, zo niet erger.

Zoals gezegd, na een halve dag had ik dat stadje namelijk wel gezien.

Ik liep daar rond met een geschiedenis, een verhaal met beelden, en ik kon het aan niemand kwijt.

Mijn boekenkennis ging in die tijd ook al wel zover dat ik me terdege realiseerde dat het goed zou zijn om mijn verhaal na het doorgemaakt trauma van me af te vertellen. Of te schrijven. Maar er was niemand.

Ik weet nog wel dat het mij bezig hield, de zoektocht naar contact. En de vraag: komt er een moment dat ik instort? Hoe zou dat dan zijn, voelen? Grote vraagtekens bij juist die vragen die mij zo bezig hielden. Wanneer zou de klap komen?

'Als het moet, kunnen we altijd nog eten in dat onvriendelijk ogend hotel.' Hoewel zo abrupt uit mijn gedachten gerukt, begrijp ik wat hij bedoelt. Als we maar kunnen slapen. Eten kan ook in dat vorig bezochte hotel. Niet alleen brengt die opmerking me terug in de werkelijkheid, maar tevens bij de deur van het pension.

'Ik ga wel even kijken,' doelend op dat pension om vervolgens de bel op de deur te gebruiken.

Ik hoef niet lang te wachten tot er een dame op leeftijd opendoet. Een vriendelijk gezicht, maar getekend door de jaren die achter haar liggen. Het zijn niet die paar ouderdomsrimpels die dat tekent, maar haar ogen staan vermoeid. Een bril op flinke sterkte versterkt het beeld alleen maar. Ze oogt breekbaar, met haar witte huid die, waar zichtbaar, over het veel te weinige vlees gespannen zit. Gespannen ja, want voor haar leeftijd die ik schat tot ver in de zestig, zit ze strak in haar vel. Ik begin een vermoeden te krijgen dat ze een hele goede plastisch chirurg heeft of overal botox laat zetten. Ze begroet mij in het Italiaans, en even ben ik bang dat dit een probleem wordt, maar op mijn vraag of het ook in het Duits kan, volgt een glimlach alsof ze mij wil zeggen: eindelijk iemand die mijn taal spreekt. Ze oogt vriendelijk op het eerste gezicht, maar ze blijkt ook nog eens een en al vriendelijkheid. Ons slaapprobleem echter kan ze helaas niet oplossen. Ze heeft al gasten en zit vol. Voordat ik teleurgesteld kan reageren, heeft ze toch nog een andere verassing voor ons. Haar zoon heeft een groot hotel net om de hoek. Het was vanaf de door ons afgelegde weg niet zichtbaar. Hebben we de borden gemist? Maar wel zo prettig dat we niet zo ver meer hoeven te zoeken. Misschien?

Wat de ware reden is van haar volgende actie, blijft voor ons gissen. Maar zij vraagt ons even te wachten dan zal ze haar zoon bellen, hoeven we de klim niet te maken.

Klim? Ik kijk in de richting waar ze kort daarvoor naar heeft gewezen.

Ze bedoelt een helling van, naar mijn schatting, dertig meter. En dan zou daar het hotel moeten zijn.

Ik kijk voor de zekerheid nog een keer om. Inderdaad, een flauwe bocht naar rechts gaat omhoog met een stijgingspercentage waar we echt niet meer zo van schrikken. Misschien wel minder nog dan dertig meter, schat ik zo.

Zij heeft blijkbaar medelijden met ons en onze leeftijd. Want laat ik eerlijk zijn, zij is bejaard, maar wij zijn er echt niet meer zover vanaf.

Gezien haar bezorgdheid over onze fysieke gesteldheid, zullen we haar maar niet vertellen wat onze plannen zijn voor morgen.

Even later komt ze vriendelijk lachend vertellen dat er nog plaats is, maar wel de laatste kamer.

Ja, ja, zal wel. Ze heeft voor ons gereserveerd, vertelt ze. Ja, ja. Nu kunnen we niet meer terug. Zoveel vriendelijkheid onbeloond laten ten faveure voor haar zoon. Neen, hup, die paar meter vals plat nemen we met genoegen. Ik bedank haar hartelijk en met een vriendelijk knikje onze richting, sluit ze de deur.

Maar… Verdikkeme, een beetje veel gelijk heeft ze wel Wat een helling leek, blijkt toch iets genuanceerder te liggen Een stukje Keutenberg in Italië.

Maar al is het het einde van de dag, een kleine uitdaging gaan we niet uit de weg. Het is immers maar kort in afstand voor onze begrippen. Maar wel eerder honderd dan twintig meter. De hoofdingang van het hotel wilde blijkbaar zeker zijn van een goed uitzicht en ligt helemaal boven. Het is dus nog even steunen en kreunen. Als het dertig meter was geweest had ik misschien wel een stuk gelopen. Het is verdomd zwaar mede door de korte rustperiodes van zoeken en vragen even hiervoor. Het heeft toch de spieren lichtelijk verstijfd.

Bij aankomst zie ik wel dat de entree van het hotel er prima uitziet. Ook dat belooft wat.

Ik stap naar binnen en hoef niet te zoeken naar de receptie. De vrouw daarachter maakt een goede inschatting. 'Aha, meine Herren, die Fahrräder.' Onze komst is inderdaad aangemeld, rest alleen nog de papieren naar waarheid in te vullen. De prijs van de kamer is inclusief ontbijt en … buffet. Gelukkig voor mij zitten we in het Duitssprekende deel van Italië en kan ik in mijn steenkolenduits duidelijk maken dat wij liever à la carte eten. Helaas, wat blijkt, een kamer is er wel voor ons, maar vanavond kan er niet à la carte gegeten worden. Dus de prijs van de kamer blijft inclusief buffet en ontbijt. Maar het buffet is wel met 'warm' eten. Dat scheelt want met weinig plezier denk ik terug aan een ervaring van nog maar kort geleden. Misschien ziet de dame achter de receptie mijn teleurstelling want zij begint uit te leggen dat het een zeer uitgebreid buffet is en er rekening wordt gehouden met mensen die geen vlees eten. Wat mij dan weer de vraag doet stellen: 'Und Fisch, gibt es Fisch?'

Ja, het is een buffet, met ook vis. We zijn nog steeds niet helemaal gerustgesteld. Ik probeer positief te blijven als ik alles uit ga leggen aan mijn vriend die inmiddels een lekker plekje voor zichzelf heeft bemachtigd in de lounge. 'Maakt niet uit, als ze maar bier hebben.' Gerustgesteld draai ik me om en vraag aan de receptie of wij hier een goed glas bier kunnen krijgen. Ik had beter goed kunnen vervangen door groot. De glazen worden in gezelschap van de kamersleutel op ons tafeltje gedeponeerd. Kleine glaasjes, dat belooft wat.

Er volgt een korte uitwisseling van beleefdheden met de serveerster die ons dat alles brengt. Waar we vandaan komen, en of het niet zwaar is, en waar het morgen naar toe gaat?

Bij het antwoord gaat haar hand naar haar mond, krijgt haar mimiek de tekenen van oprechte verbazing maar erger, er komt zelfs een kleine kreet van ontzetting uit haar mond. 'Jullie gaan morgen over de Timmelsjoch?' We schrikken eigenlijk wel een beetje van haar reactie. Schijnbaar ziet ze onze reactie, en stelt haar gedrag snel bij. Wij blijken helden te zijn. Dat wij dat op de fiets doen, met bagage. In haar ogen zie ik oprechte bewondering, en ik voel me een klein kind dat iets onmogelijks gaat presteren.

Nog maar zeer kort geleden was een andere vrouwpersoon niet zo overtuigd van ons heldendom. Dan buigt zij zich lichtelijk naar voren onze kant op. Het is duidelijk dat ze ons zachtjes iets wil vertellen, maar even duidelijk laat de lokale klederdracht met het bijpassende decolleté niets aan mijn fantasie over. Als ik twintig was geweest en vrijgezel zou haar buiging mij overtuigd hebben van mijn geaardheid, maar nu, op mijn leeftijd, maakt de aanblik die ik krijg een gevoel van schaamte bij mij los. Valse schaamte? Calvinistische preutsheid? Wat het ook is, ik voel me ongemakkelijk en wil er even niet verder over nadenken wat hiervan de onderliggende oorzaak is. Voor zover ik het kan beoordelen , is zij zich niet eens bewust van wat haar houding teweegbrengt. Voor haar is het werkkleding die ze misschien wel vijf van de zeven dagen moet dragen. Ik probeer dus niet te kijken en dwing mijzelf naar haar ogen te kijken. Schuldbewust kijk ik ook even opzij en zie eveneens dat mijn vriend moeite doet ergens anders te kijken. De reden dat ik mijn stoel wat verzet, ontgaat haar meer dan waarschijnlijk, maar ik ga hem toch maar zodanig neerzetten dat ik gedwongen word haar van opzij te bekijken. Op dat moment vertelt ze fluisterend met haar hand half voor haar mond, dat we niet moeten schrikken van onze kamer. Nu wordt het geheimzinnige nog geheimzinniger. Ze heeft ook nog eens mooie ogen trouwens. In haar beste Duits vertelt ze ons dat, lang geleden al, een deel van het gebouw een bordeel was, en bepaalde onderdelen hebben ze in authentieke staat willen laten. Nou ja, ze hebben hier en daar ook wel enkele herinneringen achteraf in ere hersteld. Daarom wordt de kamer, onze kamer, meestal ook als laatste verhuurd. Mijn bier is op en ik wil nu geen tweede meer, zo nieuwsgierig ben ik geworden. Of is er een andere reden waarom ik snel weg wil?

Vol verwachting wordt de sleutel in het slot omgedraaid, en de deur van onze kamer zwaait open. Een halletje door, bagage wordt neergesmeten en...?

En ja, ze heeft niets teveel gezegd.

Het eerste dat opvalt, is een gigantische muurschildering, en de schilder had waarlijk een poging gedaan er een echte, maar liggende Venus van te maken. Een naaktschildering is het in ieder geval.

Een poging ook.

Het bed staat zo opgesteld dat wij precies met onze koppen onder die schildering zullen slapen.

Als de schilder de intentie heeft gehad om de bezoeker van deze kamer in een zekere staat van opwinding te brengen is het in ieder geval zeker aan ons besteed. Alleen niet die opwinding die bedoeld werd toen het op de muur werd gezet.

Het leidt meer tot opwinding in de vorm van grote hilariteit dan tot kunstbesef.

Vocaal gezien lijkt de hotelkamer even op een mannenkleedkamer na een voetbalwedstrijd waarbij de kunstenaar vooral beschimpt wordt omdat hij staar gehad moet hebben om zijn model op deze wijze te modelleren of helemaal geen model gebruikte, maar een huisschilder was zonder talent. We kunnen de verleiding niet weerstaan het tafereel vast te leggen voor ons nageslacht, maar ik denk eerder om er later nog eens flink om te kunnen lachen. Twee volwassen mannen nemen op het bed gelegen de meest belachelijke poses aan om het schilderij een zekere eer aan te doen. Puberteit blijft toch wel een rood draadje dat door het leven blijft lopen.

Wij hebben geen idee nog waarom er alleen buffet is. Na het douchen wisselen we hierover van gedachten, kunnen meerdere redenen verzinnen, maar zullen waarschijnlijk moeten wachten tot we gaan opscheppen. Geweldige ervaringen opgedaan met diner in de vorm van een buffet hebben we niet. Maar de keuze in dit dorpje en de plaats van overnachting is ons op een allervriendelijkste manier opgedrongen en wij hebben dat goed gevonden. Eenmaal gedoucht en aangekleed begeven wij ons naar de eetzaal waar wij direct geconfronteerd worden met de ware reden.

Onze eerste verrassing van de avond. En … zal het weer cognac worden?

Want eenmaal in de eetzaal gearriveerd, kan het niet anders dan dat de entourage mij dwingt rond te kijken en krijg ik langzaam het gevoel dat cognac niet genoeg zal zijn. Wat ik zie, is dat het er alle schijn van heeft dat half Italië aan dames van middelbare leeftijd juist hier is neergeploft. Vrolijke gezichten, dat dan wel. De meesten met een haardracht die het midden houdt tussen een suikerspin en een wanhopige poging om op onze Beatrix te lijken. De gedachte aan de pruikentijd komt ook nog even bij me op. De oorlellen zijn groter dan wat ik normaal zou willen noemen, veroorzaakt door het gewicht dat er aanhangt. En die lippen dan; bij de meesten is er geen enkele terughoudendheid betracht om het rood niet al te rood te laten zijn.

Ik moet denken aan hetgeen ik laatst op televisie hoorde bij een programma genaamd 'De aangeklede Aap'. Daarin lieten ze zien dat wanneer het vrouwtje klaar was om te paren, zij een felrode kont kreeg. Bij ons mensen zouden extra aangebracht rood op de lipjes duiden op een eisprong. Juist die herinnering aan dat programma laat mijn blik nog eens een extra keertje rond gaan. Toch wel veel vrouwen hier aanwezig met een dergelijk biologisch proces. Hoewel de inschatting op basis van leeftijd dat grotendeels logenstraft. Maar het is wel een erg grote toevalligheid.

Als ik de kleding met vooral de bijbehorende decolletés zou moeten beschrijven zou dat de andere helft van vrouwen uit Italië over het algemeen ernstig tekort doen.

Ik zie een flink aantal billen die aan de voorzijde bijna tot op halshoogte door hulpmiddelen zijn opgestuwd. Een aantal heeft ook nog haar best gedaan dit te camoufleren met sierraden waarvan als de grote ook het gewicht bepaalt, en een nekhernia niet helemaal te voorkomen is.

Ze doen daarbij geen enkele moeite om hun blikken vol adoratie te verdoezelen. Groupies op leeftijd.

Met alle respect want de meesten zijn jonger dan ikzelf.

Maar waarom deze galavoorstelling van vergane glorie? We hebben er een vraag bij.

Op zoek naar dat antwoord volg ik de idolate blikken van de dames, en ik kom uit bij een ober die in de eetzaal rondloopt. Want laat dat degene zijn die de volle aandacht van de vrouwen geniet.

Niet dat ik ons hoger inschat dan die ober, maar er moet een reden zijn waarom deze man al die aandacht krijgt. Wij worden namelijk bij binnenkomst geen blik waardig gegund.

En heel veel mannen meer zie ik echt niet.

Hoewel gezien mijn persoonlijke smaak die ik gemakshalve generaliseer, is dat wel te begrijpen.

Dus welk charisma heeft deze ober meer dan dat wij zouden hebben …?

Ik vraag het mij met enige zelfoverschatting af.

We vinden een tafeltje even buiten de grote kring van de dames, en proberen een bredere analyse te maken van het gebeuren. Maar in eerste instantie dan wel met het oog op onze honger. En dorst.

In ieder geval wordt al snel duidelijk wat de functie is van de ober.

Zodra wij plaats hebben genomen, stormt hij op ons af op een manier die aangeeft dat hij een gevoel voor entertainment heeft, dat moet gezegd.

Zijn wijze van huppelen leidt onmiddellijk tot grote hoorbare hilariteit bij de dames, en even ook hebben wij mede daardoor de aandacht van de gehele zaal.

Waarom hij een microfoon in zijn hand houdt, kunnen wij niet verklaren, maar de vraag die hij ons stelt, is mede daardoor voor iedereen in de zaal duidelijk hoorbaar.

Zijn vraag aan ons in het plaatselijke Duitse dialect doet ons waarschijnlijk van mimiek verschieten. Niet alleen door het volume, maar eveneens de wanhoop omdat we er niets van begrijpen, en wij het terechte gevoel hebben dat alle ogen gericht zijn op onze onmacht. Een echte gastheer, hij herkent onmiddellijk de oorzaak van onze hulpeloosheid.

Dan vraagt hij in Hoogduits in welke taal hij ons het beste kan benaderen. Als wij vertellen waar wij vandaan komen is er applaus. Dat alleen kan de reden niet zijn. Kan ik mij niet voorstellen. De ober gaat verder. Dat wij helemaal uit Holland komen voor hem, geweldig. Hij heet ons welkom.

Maar Nederlands, daar heeft hij geen kaas van gegeten. Mag het in het Duits? Wat onwennig door de hele situatie – tenslotte zijn er ik weet niet hoeveel ogen op ons gericht met rode lippen – knikken wij beiden dat het goed is.

Natuurlijk komen de klompen ook nog even ter sprake, kan niet missen toch?

Hij vertelt verder snel – te snel eigenlijk want zo goed is mijn Duits nou ook weer niet, ook hoog is te hoog gegrepen soms – wat de bedoeling is als wij het buffet willen gaan gebruiken.

Dat hij rondloopt om te helpen met afruimen en bestellingen voor het drinken op te nemen.

Wat ik dan wel begrijp, maar niet heb verstaan, is dat wij kunnen zeggen wat we willen drinken.

En weg is hij. Ons drinken? Geen idee, afwachten maar.

Om tot onze stomme verbazing te constateren dat hij de microfoon ook gebruikt om enkele zangnoten ten gehore te brengen. Er wordt kirrend gelachen.

Schijnbaar heeft hij een gezongen grap gemaakt over Nederlanders.

Iedereen kijkt naar ons … zo lijkt het.

En dan is er plotseling muziek, en het is beslist geen achtergrondmuziekje.

Ongelofelijk, wat een lawaai.

Kort daarop galmt de stem van diezelfde ober door de zaal onder begeleiding van een orkest dat nergens te ontdekken valt.

Mijn conclusie is dat er wel ergens een bandrecorder met een bediende verborgen moet zitten. Op de maat van de muziek en de schallende stem zie ik wiegende dames en dan weet ik gelijk waarvoor dat lawaai dient.

Alles schudt, letterlijk, sommige handen hoog, sommige handen klappend, en een aantal lijkt zelfs mee te zingen.

Wat is dat?

Onze tweede verrassing.

De eerlijkheid gebiedt te zeggen dat deze ober beschikt over een prima stem, maar het gekozen liedje is duidelijk een schlager en niet bepaald mijn smaak. En naast mij kijkend met een alleszeggende blik terug, ook niet die van mijn vriend.

Gevolgd door een vragende blik. Wat moeten we hiermee? Lachen?

En het liedje is nog niet afgelopen of verrassing drie dient zich aan.

Er komt een jonge dame, gekleed in de, alweer, traditionele kledij van de streek, aanlopen met twee glazen witte wijn, voor ons.

De gevolgen van het dragen van de traditionele kledij door de jongedame in kwestie trekt meer mijn aandacht dan de twee glazen. Maar twee is twee en mijn gedachten dwalen af naar het moment van aankomst. Een aangename gedachte maar de realiteit roept. Ik probeer me op aarde te laten terugkeren, en maak ruimte op de tafel voor de glazen. Dat betekent dat ik alleen maar het servet ergens anders leg, maar het leidt mij in ieder geval af van het onneembare zichtbare.

Hoe heeft die ober dat geflikt? Ik bedoel, die glazen met wijn. Zomaar uit het niets lijkt het.

Toch had de dame in kwestie niet op een gunstiger tijdstip kunnen komen.

We doen vreselijk ons best om te voorkomen dat ze weer snel verder gaat.

Mijn vriend schreeuwt boven de muziek uit de vraag wat dit alles te betekenen heeft.

Voordat hij begrijpt wat ze vertelt, moet ze misschien wel alles vier keer herhalen omdat hij het niet goed kan verstaan, dan wel niet begrijpt.

Ik verdenk hem van toneel spelen.

Na enige tijd begint haar gezichtsuitdrukking tekenen van wanhoop te vertonen. Dit kan duiden op zijn gebrek aan kennis van het Duits of dat ze het erg druk heeft. Ik denk vooral beide. Ik besluit definitief dat het toch het tweede moet zijn want ze breekt de conversatie zo beleefd mogelijk af. Maar haar uitgebreide herhaling van zinnen heeft ons inmiddels wel duidelijk gemaakt dat meneer de ober eigenaar van het hotel is, en tevens een bekende schlagerzanger in Duitsland.

Wij zijn geluksvogels, nog slechts één kamer vrij, en we kunnen meegenieten van zijn privéconcert, een speciaal concert voor speciaal genodigden. Inclusief buffet. Een arrangement.

Onmiddellijk is mij ook duidelijk waarom er twee touringcars op de parkeerplaats bij het hotel stonden.

Voor ons was bij aankomst een prijs afgesproken van de kamer inclusief buffetgebruik; dat berustte op toeval. Het kan ook een te late annulering zijn geweest. Want er komt weer een rondje wijn aan.

Dat meegenieten, daar wil ik het verder maar niet over hebben.

In ieder geval kan er de rest van de avond niet veel gepraat worden, maar we halen wel een flinke portie visvlees van de graat dat misschien niet helemaal de bedoeling is.

De vis namelijk staat nogal afzijdig, en dat is waarschijnlijk gedaan met een bepaalde bedoeling.

Ons martelaarschap van deze avond belonen wij, zo hebben wij besloten, door de schijnbaar andere bedoeling die de vis heeft, anders te laten verlopen.

Later op de avond zien wij enige onrust rond de vis ontstaan, maar omdat wij druk zijn met veel te veel wijn te bestellen en vooral te laten serveren, ontgaat het ons grotendeels.

Die onrust is niet ons probleem. Wij zien de vis als compensatie voor de foltering van deze avond.

En we laten het meisje veel lopen. Drank doet wel iets met schaamtegevoelens op basis van een Calvinistische opvoeding.

De volgende morgen als mijn vriend wil afrekenen, ontdekken we aan de muur in de lounge ingelijste foto's van de ober. Die hadden wij de avond daarvoor niet opgemerkt. Maar toen wisten we ook nog niet waar we op moesten letten uiteraard.

Er is een foto bij waarop het lijkt of hij onderdeel is van de 'Oktoberfeste'.

Onze stille, ooit uitgesproken droom.

Maar wat we dan wel leuk vinden, is dat ook zijn gouden platen daar hangen, althans, één.

Met een foto erbij van de uitreiking, zo lijken het er twee.

Wat een beroemdheid.

HOOFDSTUK 12

Zeer koude ervaring

Het ontbijt van deze ochtend blijkt ook buffet. Maar dan van het gebruikelijke soort. En voor alle duidelijkheid: goed verzorgd. Geen muziek. Wel zo fijn.

Of wij zijn vroeg, of de dames zijn laat. Ik denk het laatste. Gezien het enthousiasme van gisteravond.

Ik vraag me af of het alleen bij handtekeningen zetten is gebleven.

Vanuit het raam in de ontbijtzaal hebben we een redelijk zicht op de aanvangsroute van deze dag.

Het is inderdaad niet zo maar een berg. Hij staat bekend om zijn wispelturigheid wat het weer betreft. En het aantal klimkilometers is flink. Voor ons is het wel de dag waar wij naar hebben uitgekeken, met de kanttekening dat mijn vriend nog steeds niets weet van mijn verborgen agenda.

Als het ontbijt erin zit en de bagage op de fietsen, nemen we afscheid van de dame achter de receptie door netjes alles te betalen.

De tocht der tochten kan nu een aanvang nemen. Mijn overburen thuis hebben me eveneens gewaarschuwd. Het kan spoken op de Timmelsjoch. Het gebied waar wij nu zijn, is al jaren hun wandelgebied, en dat zelfs een paar keer per jaar. Hun waarschuwing laat ik voor wat het is, mijn gedachten zijn toch meer bij de kilometers met, vergeleken met andere beklimmingen, bovengemiddelde stijgingspercentages.

Het weer ziet er bij vertrek redelijk goed uit, wel bewolkt met hier en daar een mogelijkheid tot stralen, maar dan geen water want zo nu en dan voel ik de zon die ons streelt. Alsof zij wil zeggen dat we de dag zonnig tegemoet kunnen zien.

Maar gaandeweg de klim begint er een druilerig regentje te vallen. En ik merk ook dat de temperatuur daalt naarmate we hoger komen. De zon die zo haar best heeft gedaan om de dag te kleuren, laat het nu echt afweten. Zolang de regen pesterig druilend naar beneden blijft komen, kan een eenvoudig windjack genoeg bescherming bieden. De beenspieren ondervinden geen hinder van de langzaam dalende temperatuur en de combinatie met het miezerige regentje . Alleen jammer dat het uitzicht snel minder wordt; een grijze waas neemt langzaam bezit van de bergflank en zijn omgeving. Als ik naar beneden kijk, zie ik een grijze laag ongerief over de vallei hangen. Als grijze wattenbollen hebben ze zich daar genesteld, wachtend, ja, waarop eigenlijk? Een zonnetje. Een stille hoop maar ik maak me geen illusies. Wat zich onder die wattenbollen vandaag afspeelt is niet meer te zien. De lichamelijke inspanning en lichte kleding zorgen gelukkig voorlopig nog voor voldoende comfort. Maar het aantal kilometers dat nog bedwongen moet worden en de temperatuur die echt wel voelbaar naar beneden gaat, voorspelt dat het windjackje wel eens te dun zou kunnen zijn. Zeker als het onder deze omstandigheden ook nog eens afdalen wordt. Dat is altijd afwachten want aan de andere kant van de berg kan het zomaar ander weer zijn. Ik blijf positief denken. Voorlopig zorgt het stijgingspercentage en de bijbehorende inspanning voor de nodige warmte, dus waarom zou ik me druk maken over misschien later. Dat mijn broek inmiddels toch goed nat is geworden, heeft geen invloed op de gevoelstemperatuur. Nog niet. Hopelijk blijft dat ook zo. Maar inmiddels moet ik vaststellen dat de miezerige druppels regen wat groter en … kouder worden. Verdorie.

Ik worstel met de gedachte om af te stappen, en op mijn gemak van jas te wisselen. Maar het is verdomd steil, en om mijzelf dan weer in gang te trekken, lijkt me geen prettig idee. Wel kijk ik even achterom. Niets te zien. Ik besluit waar mogelijk mijn tempo te verlagen want we mogen elkaar niet uit het oog verliezen, zeker niet onder deze omstandigheden. Wanneer ik in een bocht naar beneden kijk, wordt het zicht op de weg er niet beter op. Even rustig aan dan maar.

Na een kwartiertje doemt er een gedaante op uit de mist en regen. Dank aan de inmiddels vertrouwde fietshouding die maakt dat ik met een gerust gemoed ook mijn weg weer kan vervolgen. Ik durf met dit slechte zicht niet op de weg te keren om even naast hem te gaan rijden. Hij is echter wel de man die bijhoudt hoeveel kilometers het is nog tot de top. Mij heeft dat nooit zo geboeid, ik moest tenslotte toch naar boven dus we zien wel. Daarin verschillen we opvallend. Hoewel ik het wel waardeer als ik hoor hoe de te overwinnen hoogte in combinatie met stijgingsgemiddelde door een rekenformule gerelativeerd wordt tot aantal kilometers en tijd van aankomst op de top. Hij rekent, laat mij maar trappen.

Maar ondertussen valt er niet veel meer te genieten. De natuur om ons heen heeft zich gecamoufleerd in de kleuren van erg laag hangende wolken. Wattenbollen onder maar nu ook boven. De regendruppels versterken het slechte uitzicht door zich op mijn brillenglazen te gedragen als doorzichtige kikkervisjes die langzaam langs het glas afglijden, en als dat eindelijk gebeurt zijn er inmiddels een flink aantal broertjes en zussen bijgekomen. Inmiddels moet ik eveneens vaststellen dat de wind in kracht steeds meer toeneemt. Op zich is wind een normaal verschijnsel bij deze hoogte. Maar tel daarbij op de omgevingstemperatuur, dan is dit nu wel dubbel vervelend. Ondanks het klimwerk met tegenwind krijg ik het verdomd koud. En met die vaststelling kijk ik op een zeker moment naast me wanneer mijn vriend tot op mijn hoogte is gearriveerd. Ik krijg te horen dat het niet ver meer kan zijn. Deze keer kan het mij wel schelen dat we nog maar weinig moeten afleggen om deze ellende achter ons te laten. Mijn handen beginnen aardig koud te worden en ik ben toe aan een andere jas want inmiddels heeft niet alleen het vocht de binnenkant van mijn windjack bereikt, maar ook mijn tenue met de daarbij behorende afkoeling. Waar eerst nog transpiratie zorg droeg voor een redelijk warm bovenlijf, ontstaat er nu toch echt wel een onaangenaam gevoel dat kou heet. Ik ril nog net niet, maar hoever ben ik daar vanaf? Ik krijg te horen dat het met de ander niet veel beter gesteld is. Zijn verhaal onderschrijft mijn beleving in grote lijnen. Wat een domper eigenlijk, we hadden ons deze beklimming wel anders voorgesteld. Dan komt echter bij mij ook de herinnering naar boven dat er ooit een vergelijkbaar moment is geweest in Zwitserland. Daar heb ik toen een paar sokken aan mijn handen gedaan, en ben zo de afdaling ingegaan. Dat lijkt me nu ook wel een optie. Maar wat ik ook weet, is dat het een helse toer was om met al die nattigheid in combinatie met veel te koude handen, goed te remmen. En dat in een afdaling. Terwijl ik dat wil zeggen tegen het hoopje lijden naast me, worden mijn woorden en persoonlijke zorgen weggevaagd door het beeld van een tunnel die we naderen. Die staat niet op de kaart voor zover ik me dat kan herinneren. Dat is meegenomen, denk ik dan. Even uit de regen en de kille, snijdende wind, misschien komt het toch nog goed. Bij het naderen van dat Romaans gestileerde, zwarte gat als geplakt op een grijs landschap van rots en wattenbollen, concludeer ik dat het wel eens tegen zou kunnen vallen.

De tunnel kan afgesloten worden middels een grote, houten deur die uit twee helften bestaat, en ik zou me in de middeleeuwen kunnen wanen mits ik in dit geval wel de ophaalbrug mis. Maar juist die twee halve deuren geven aan wat de maximale breedte is van deze tunnel. Ik betwijfel of er twee auto's elkaar kunnen passeren, maar ik ben nog niet binnen. Die breedte betekent waarschijnlijk dat het niet handig zal zijn daar even te schuilen en op temperatuur te komen. Het autoverkeer is hier minimaal, maar er zit een risico aan vast als wij daar een aantal minuten gaan staan. Overigens zie ik ook dat die deuren nog gebruikt worden om de berg af te sluiten bij veel sneeuwval, want er is geen slagboom te bekennen. Het doet erg denken nog aan iets van vroeger wat men in stand wil houden. Je verwacht zoiets in het Verenigd Koninkrijk, maar toch niet hier?

Bij de ingang van de tunnel wacht ik even tot mijn vriend weer naast me komt rijden, wetende dat het na de tunnel niet ver meer kan zijn tot we bij het hoogste punt van vandaag zijn. Ik wil toch wel een foto van dat bord met bergnaam en hoogtemeters om later, dank zij die foto, te kunnen memoreren over het afzien tijdens de laatste kilometers. Er komt ook een beetje wroeging bij mij naar boven. Hadden mensen die de berg goed kenden, niet gewaarschuwd dat deze bekend staat om zijn plotselinge weersomslag? Dit denkende begint het nu echt te plenzen en dat in combinatie met de kou en wind van de afgelopen uren, is dit de doodsteek voor mijn humeur. Ik zal het niet uiten, maar het korte lontje lonkt. Met een paar flinke pedaalslagen slagen we erin de tunnel in te rijden. We worden opgeslokt door zijn duisternis, en waar ik dan vervolgens kan vaststellen dat het niets oplost.

Koude waterdruppels druipen van de uitgehouwen tunnelwand, de wind staat waarschijnlijk precies op de ingang want mijn windjack klappert er vrolijk op los, dus bescherming waar ik zo op had gehoopt, kunnen we hier niet vinden. Er is even oogcontact en deze blik van verstandhouding laat ons verder rijden naar het licht aan het einde van de tunnel. Hopen op betere tijden, beter weer mag ook.

Het licht dat we naderen en dat zich langzaam vergroot binnen ons gezichtsveld blijkt donkergrijs van kleur te zijn. Bij het zien van het naargeestige wat steeds dichterbij komt, verlang ik weer terug naar de ons geselende zonnestralen van een paar dagen geleden. . Alleen het zien al dringt door tot op mijn botten. De kou. Ik ril. Niet van angst. Maar ach, het bord dat daar staat zal alles goed maken. Ondertussen ben ik mij als een gek mentaal aan het masseren want we moeten wél verder.

We rijden de tunnel uit. Het eerste dat direct in mij opkomt, is om weer om te draaien.

Gelukkig de hele dag haast geen verkeer te bekennen en nu? De naderende auto dwingt me om vooral door te gaan met datgeen we zijn begonnen.

Maar de weersomstandigheden, het overvalt me totaal. Er staat hier echt een stormachtige wind; dan was wat we hebben doorgemaakt aan de andere kant van de tunnel slechts een briesje. De koude, striemende regen samen met koude sneeuw zwiept tegen mijn laatste restje aan warm lijf dat ik nog mocht koesteren. Het voelt als koude zweepslagen. Ik voel het snijden tot op mijn bot. Een uitdrukking die ik nu na jaren pas echt begrijp. Een tiental meter verder staat het bord van de top, en daar aangekomen probeer ik echt uit alle macht mijn fiets ergens te plaatsen, maar het kost moeite om dat ding te manoeuvreren. De uitdrukking dat wind met je speelt, is mij nu dus ook eigen gemaakt. Uiteindelijk lukt het mij de fiets tegen het bord te plaatsen, en ik wil mijn regenjack pakken. Dat wil ik. Maar kunnen? Mijn verstijfde vingers doen een wanhopige poging de rits van mijn fietstas te openen. Het lukt me niet eens de rits vast te houden. Wanhopig blaas ik op mijn handen in een poging een beetje warmte toe te voeren. Nog maar eens proberen. Ik zet mijn rug in tegen de windrichting, sla hard in mijn handen, en dan lukt het me toch de rits open te maken. Ik kan mijn regenjack eruit halen. Maar dan.

Het jasje zit keurig opgerold en platgedrukt in een etui van tien bij vijf centimeter. De drukknop die ervoor zorgt dat het jasje niet zal ontsnappen, moet worden geopend. Na drie pogingen zet ik het lipje tussen mijn tanden en probeer op die manier het etui open te krijgen. Het lukt. Maar ik ben er nog niet. Mijn vingers voel ik niet meer, mijn windjack is zeiknat, het regenjack waait alle kanten op; de kromming van mijn handen voorkomt dat het verdwijnt in een onzichtbare diepte waarvan ik vermoed dat die wel ergens zal liggen. En juist dat jasje wil ik over mijn natte windjack trekken, wat natuurlijk dom is, maar extra bescherming kan ik nu wel gebruiken. Maar ook gedwongen door de omstandigheden want dat jack eerst uittrekken? Ik zou niet meer weten hoe. En zonder die kou alleen al vraagt het vreselijk veel behendigheid om met die windkracht een lichtgewicht jasje aan te trekken. Laat staan over een ander nat jack. Ik begin nu echt te klappertanden van de kou. Mijn handen voel ik al lang niet meer, en met de seconde lijken ze afscheid te nemen van mijn lichaam. Ik heb al die tijd helemaal geen oog meer gehad voor wat mijn vriend momenteel wel niet moet doormaken. Wetende dat hij ook nog eens moeilijker met kou kan omgaan dan ik. Maar in mijn wanhoop wil ik hem vragen mij heel even te helpen een mouw aan te geven van het regenjack dat als een klapperende vlag alle ongewenste kanten opwaait. En al die tijd sta ik gekromd met mijn rug naar de wind. Voorzichtig kijk ik om, ik zie geen donder. Mijn bril is oorzaak één en twee is dat het zicht minimaal is. Om mij heen niets dan grijs. Een lichte paniek komt er nu wel naar boven. Waar is hij? Ik probeer mijzelf te vermannen met de gedacht dat hij zonder mij niet zal vertrekken, en hij dus wel ergens voor of achter mij dezelfde doodsstrijd voert als ik.

Het is zo koud en de sneeuw met regen geselt zo ongenadig mijn lijf dat alle empathie verkilt. Ik realiseer mij dat ik in de overlevingsstand terechtkom. Dan is er het volgende idee dat in mij opkomt en dat is om sokken aan mijn handen te doen. Stom genoeg laat ik het voor wat het is. Ik wil maar één ding en dat is weg hier, weg uit de hel. Want dat is het.

De duivel is beslist niet rood maar wit.

Mijn ervaring heeft mij geleerd dat in de afdaling de temperatuur vanzelf weer stijgt.

Om nog langer hier te blijven is voor mij niet bespreekbaar, sterker nog: niet eens houdbaar. Voor het eerst kijk ik naar de ander en zie tot mijn grote opluchting dat hij klaar is om af te dalen.

Ik waarschuw hem nog wel voor het gevaar van regen, velgen, remblokken en verkleumde handen. Mijn ervaring ooit van ergens in Zwitserland. Daarbij ga ik voorbij aan het gegeven dat ik toen mijn handen in een paar sokken had gestopt en die vinding ervoor zorgde dat ik binnen een korte tijd in staat was in mijn remmen te knijpen. Nu, na een paar meter naar beneden te zijn gegaan, heb ik spijt van mijn keuze de hel snel te verlaten.

Met de moed der wanhoop laat ik mij maar naar beneden vallen. Remmen gaat inderdaad nauwelijks. Mijn handen zijn zo verstijfd en missen elke kracht om te knijpen. Maar het moet.

Na een kilometer of twee laat ik mijn hoop en verlangen naar warmte, varen. Verdoofd accepteer ik mijn martelgang. De aanname dat tijdens het dalen de temperatuur zo kan stijgen is hier niet van toepassing, althans niet voelbaar in mijn geval.

Klappertandend probeer ik de nu nog minder talrijke bochten te nemen. Omdat we nog hoog zitten is het van bocht naar bocht nog redelijk overzichtelijk. Gelukkig maar.

Want na een paar minuten dalen, staat er plotseling midden op de weg een langharige koe, omringd door medestanders. Ik kan niet meer uitwijken.

Mijn verkleumde handen proberen te knijpen en te knijpen. Tijd om bang te zijn heb ik niet, maar er flitst door mijn hoofd een zoektocht naar een overlevingsstrategie. Hoe kan ik mijn fiets opzij sturen, mocht het remmen niet baten? En wel op zo'n manier dat ik niet frontaal, maar zijdelings tegen de imposante koe zal botsen. Moeizaam, o zo moeizaam. Ik moet, ik moet, maar het gaat gewoonweg niet. Ik voel mijn fiets doorglijden, voortgestuwd door de bagage en door de dalingspercentages op de plek des onheils. De koe nadert en nadert, of beter: ik nader de koe en zie duidelijk de natte slierten van lang, roodbruin haar, hangend over haar flanken. De natte slierten laten hun druppels vallen, dat zie ik. Waarom dat? Ik maak me op voor de klap. Een helm, wat een onzin. Stom genoeg realiseer ik mij dat in een zeer kort moment. Maar het is eigenlijk nog gekker, door mijn hoofd schiet de gedachte over op welke manier ik het beste de klap kan opvangen zodat mijn fiets zo min mogelijk schade zal oplopen. Ik geloof mijn eigen gedachten niet. De koe wordt snel groter en groter en dat alles speelt zich af in een tijdsstonde van amper vijf of misschien tien seconden.

Maar Maria is met mij. Het is ongelofelijk, maar nog twintig centimeter voor de koe kom ik tot stilstand. Ik kan het beest aanraken. De eerste gedachte die bij mij opkomt, is dat het beest in aanvang veel groter leek. Nu ik het zo zou kunnen strelen, valt het me op dat het beest kleiner is dan de gemiddelde Nederlandse koe. Wat een gedachte als je net aan een wisse doodsmak bent ontsnapt. In diezelfde tijd sta ik verstijfd van kou en toch ook wel schrik, naar de koe te staren. En zij naar mij. Zoveel uitzicht en ik heb deze kudde veel te laat gezien. Dat realiserend besef ik dat verder gaan te gevaarlijk is, maar er is eigenlijk geen keuze. Zover het oog reikt op deze kale hoogte, geen schuilhut of anderszins te zien.

En even later is daar mijn vriend. Hij wel zonder een angstig moment. Ik ben weer de enige met een verhoogd adrenaline dat helaas geen uitwerking heeft op mijn interne kachel. Hij heeft mijn doodsstrijd niet eens gezien. Wat mij sterkt, is dat de kou wel degelijk invloed heeft op de waarneming want het is één grote kale vlakte die slechts doorsneden wordt door een weg.

We besluiten toch maar om nog voorzichtiger verder af te dalen. We bereiken de boomgrens en dan is daar even later een godsgeschenk.

Een Gasthof. Nog veel en veel te vroeg, maar zonder enig overleg stuur ik naar rechts en ga die richting op. En een schietgebedje uitsprekend dat er plek moge zijn.

Bij binnenkomst staat er een vrouw van middelbare leeftijd en een jongeman ons aan te kijken met een blik van … herkenning. Geen enkele verbazing is zichtbaar. Al snel is mij duidelijk uit hun gedrag en even later ook door wat ze zeggen, dat het onze eerste ervaring is, maar niet die van hen. Al velen zijn ons voorgegaan.

Totaal verkleumd, nauwelijks in staat om rechtop te staan, doe ik snel mijn eigen verhaal en smeek om een kamer. Wat een geruststelling. Ruimte zat.

Met de nodige moeite en een beetje hulp van de jongeman, ontdoe ik mijn fiets van zijn last en begeven wij ons naar de toegewezen kamer. Ik herken mijzelf totaal niet meer. En ik ben me er ook niet bewust van. Normaal gesproken heb ik altijd oog voor de ander, wil ik helpen. Nu kan ik het niet opbrengen. Erger nog, het kan me niets schelen.

Hoe mijn vriend zich voelt, hoor ik later wel. Ik wil maar een ding en dat is warmte, warmte en nog eens warmte. Snel kleed ik me uit. Ik hoor de ander vragen of ik als eerste wil douchen, maar klappertandend wuif ik zijn vraag weg.

Naakt duik ik onder het dekbed, neem een zo klein mogelijke foetushouding aan en trek het kussen strak in mijn nek. Rillend op zoek naar warmte.

Ook dit is ervaring opdoen.

En hoe mijn vriend in staat is geweest om het gewenste bord voor eeuwig vast te leggen, is me tot op de dag van vandaag nog een raadsel. Of het moet het lijden van de ander zijn geweest die ongekende krachten bij hem boven hebben gebracht.

HOOFDSTUK 13

Politie

Het heeft alleen maar een naam en dan ook nog eens voor een bepaalde generatie: de Brennerpas.

Een beruchte pas uit vroeger tijden. Berucht en bekend, niet zozeer omdat er wel eens enig wapengekletter heeft plaatsgevonden, maar vooral om zijn verkeersleed in de vorm van file.

Als je denkt dat de melding van files een fenomeen van de tegenwoordige tijd is, heb je dat mis.

Al in de jaren zestig van de twintigste eeuw werd er melding gemaakt van files.

Ook toen al als een soort onderdeel van sensatiezucht. Nog langer dan, record van – en dan volgde er een datum – is gebroken, enzovoorts. En dan te weten dat het fenomeen luistercijfers nog niet bestond.

Hoe bijzonder, ook de file van de Brennerpas viel onder de noemer 'sensatie'.

Maar wat moest een volk als Nederlanders met verkeersinformatie over zo'n pasje tussen Oostenrijk en Italië? Meer dan duizend kilometer zaten wij daar vandaan.

In die tijd hadden we alleen nog maar de radio die een dergelijke actualiteit kon doorgeven.

In Hilversum moeten ze zich in die tijd stierlijk hebben verveeld. Of hoofdpijn gekregen over de vraag hoe vul ik achttien uur radio. Inderdaad achttien uur. In die tijd stopten de uitzendingen om twaalf uur 's nachts met een langdurige piep om dan weer om zes uur te beginnen.

Maar goed, een creatieve geest had in die tijd verzonnen: laten we eens de berichten over het fileleed overal in Europa de ether ingooien. Briljant idee. Spanning ten top. Een halve dag fileleed van en door anderen, gevangen in vijf minuten na de nieuwsuitzending van 18.00 uur. Wat waren ze innovatief daar bij de radio.

En de Brennerpas was een van de locaties die steeds vermeld werd. Hoe langer de file hoe invoelender de stem van de verslaggever.

Zo lang geleden en toch; waarom weet ik dat nog, van die file-informatie uit het buitenland, wachttijden bij de grensovergangen? Het was bij ons onderdeel van een familieritueel om het nieuws van zes uur 's avonds gezamenlijk te beluisteren, maar alleen mijn vader was eigenlijk echt geïnteresseerd. Voor mij was het een afstel van de verplichting om te helpen met de afwas.

Verder speelde wel mee het gebrek aan ander nieuws want het leven in een dorpje op het platteland is zeker saai met als enig hoogtepunt van de week de Gruijter met zijn snoepje van de week en voetbal op zondag. Vooral dat laatste omdat het van een bepaald deel van het dorp eigenlijk niet mocht.

Het toenmalige fileleed werd hoofdzakelijk veroorzaakt door de toenemende welvaart van die tijd met daaraan gerelateerd het vrachtverkeer. Met als hoofdoorzaak de douanecontroles.

Dat er tegenwoordig nog mensen zijn die de grenscontroles weer terug willen, erger nog, geen Europese Unie willen. Echte sukkels.

Een nostalgie naar lange wachttijden en niet te vergeten, corruptie. Zegt dus wel iets over die sukkels zelf.

Voor de Italiaanse douane stopte je extra lires op de pasfoto in het paspoort om herkenning af te dekken en als neveneffect dat je iets sneller kon passeren. Vervolgens de Oostenrijkse controles. Dat was totaal andere koek. Al die stiptheid, zo veel vinkjes, zo door en door overgeregeld. Ik ken de Nederlandse onderwijsinspectie als cijferneukers, maar die douane was dat in het kwadraat. En dat is dus erg, kan ik je wel vertellen. De loep ging over de stempels. En o wee, als er een biljet van vijf mark in het paspoort was blijven zitten. Na een paar keer kende je wel het verschil tussen de twee douaneposten.

Dus de Brennerpas was een bekend verkeersstrooppunt uit mijn kindertijd. Overigens niet alleen voor vrachtverkeer.

Ik hoorde ook de verhalen van de enkele meer welgestelde klasgenoten dat ze in de vakantie met de vouwcaravan wel twee dagen hadden vastgestaan op de Brennerpas. Twee dagen! Wij geloofden dat ook nog in die tijd. Met dank aan de radio.

Nu is dit fileleed grotendeels opgelost omdat er een hele mooie autobaan is aangelegd.

Al enkele malen eerder heb ik deze pas met de fiets afgelegd.

Als je nu de pas neemt met de fiets ben je wel veroordeeld tot het nemen van de oude autoroute.

Je komt dan door de dorpjes en kunt het haast niet meer voorstellen dat door die straatjes zich het vrachtverkeer heeft moeten verplaatsen en dan ook nog eens in de zomer de vakantieganger met zijn vouwcaravan erbij.

Het kan niet anders dan dat het voor de bewoners een hele opluchting moet zijn geweest toen de nieuwe autoweg werd geopend.

Onderweg zie je in die plaatsen nog steeds het grote aantal oversteekplaatsen met verkeerslichten die nu alleen nog maar knipperen op één kleur. Het grote aantal oversteekplaatsen per plaatsje was blijkbaar noodzakelijk om de lokale bevolking over te kunnen laten steken.

Waarschijnlijk alleen nog maar eens de file versterkend.

Een enkele plaats heeft geïnnoveerd. Daar staat een paal met een drukknop voor de voetganger. Lastig voor mij als fietser, weet ik nog wel, vooral als je in de afdaling zat.

Een lokale rollator met aanhanger wilde oversteken en had met bevende hand de knop ingedrukt.

Remmen piepten en maar hopen dat je het net redde.

En waag het niet om, net als in Nederland, rood licht te zien als een uitdaging.

Politie heeft in deze streek een heel andere betekenis.

Wederom zit het weer mee, volop zon, niet te warm. Vandaag dus over de Brennerpas.

Ik zie deze pas na al die jaren als een oefeningetje, maar mijn vriend heeft geen idee en de naam alleen al boezemt hem ontzag in.

Ik kan wel proberen hem gerust te stellen, maar hij wil en moet het zelf ervaren, stel je voor dat het tegenvalt. Trouwens, zijn eerdere ervaringen met mijn bagatelliseren van stijgingspercentages en aantal nog af te leggen kilometers hebben het vertrouwen in mijn geruststellingen al aardig ondermijnd. Hoe gemakkelijk vertelde ik niet dat het die dag honderd kilometer zou zijn terwijl de praktijk uitwees dat het honderdtwintig was.

Mijn opmerking dat hier geen eeuwige sneeuw te zien zal zijn, maakt dus geen enkele indruk. Rustig malend komen we halfweg en zien een leuke stop.

Het is tijd om de tank te vullen.

Leuk terras, alleen ommuurd. Een gemetselde boog geeft toegang tot een binnenplaats.

Ingericht met kleurrijk meubilair. Idyllisch zelfs. De muur op ooghoogte oogt beschermend, geeft een gevoel van veiligheid en de bomen en struiken daar weer omheen geven dat alles een rustiek uiterlijk.

We hebben om die reden vanaf het terras helaas geen zicht op de fietsen dus rest ons niets anders dan de dierbare en kostbare spullen te verzamelen en mee te nemen.

Vooral ik ben daar niet zo van. Meestal staat de fiets in het zicht en laat ik de meeste spullen zitten waar ze zitten.

We nemen plaats en de menukaart wordt geraadpleegd hoewel in deze streek die kaart niet afwijkt van andere kaarten. Het lettertype is anders, evenals de foto op de voorkant, als er al een foto opstaat. Op de voorzijde van onze kaart staat met grote gotische letters: 'Im weissen Rössi.'

Om nooit te vergeten.

Voor al het andere heeft de inhoud geen verrassingen. We worden bevestigd in onze aanname en bestellen wederom maar weer dat soepje en maar weer dat brood met kaas.

Wat een afwisseling. Ik kan niet wachten op de smaaksensatie die zal volgen.

Erg? Helemaal niet. Soms zit een mens gemakkelijk vast aan vertrouwde dingen.

Mijn vriend beheert de financiën en mag afrekenen na afloop van het culinair genot, goed voor zijn Duits. Leuke plek, dat zeker; het heeft gesmaakt, maar we moeten weer verder. Omhoog.

Een paar huizen verder komen we langs het lokale politiebureau. Onze eerste indruk is dat dit kleine dorpje wel een gigantisch groot gebouw heeft om politie te huisvesten.

Het Italiaanse stadje waar ik verbleef na het ongeval had een vergelijkbaar groot gebouw. Direct na het inboeken bij het hotel was daar Maria om mij mee te nemen naar de politie. Zij bleek cruciaal nog op dat moment. Op het hele bureau was namelijk geen agent te vinden die Engels of Duits sprak. En zonder Maria had ik trouwens ook het bureau niet gevonden.

Het deed ongeloofwaardig aan, maar aan de buitenkant kon ik geen uiterlijke kenmerken ontdekken die erop duidden dat het een politiebureau was. Eenmaal binnen bleek dan toch Maria niet echt nodig te zijn. Achteraf bleek dat Maria officieel niet zomaar als tolk mocht functioneren want ik was daar wel om officieel verhoord te worden. Voor zover ik het begreep uit de woordenwisselingen tussen Maria en de lokale bromsnor, hadden ze uit een nabijgelegen stad een Engels sprekende agent laten komen.

In tegenstelling tot de beeldvorming die ik had over de politiemacht van Italië, hadden ze blijkbaar toch wel zelf nagedacht.

Niet zomaar de eerste de beste, gezien het aantal versierselen dat her en der gedrapeerd lag over zijn uniform. Na het uitwisselen van de formaliteiten en een handtekening of vijf, was hij zo vriendelijk mij een telefoon aan te bieden. Ik mocht bellen met Nederland.

Het gesprek dat ik vervolgens voerde met de vrouw van Rinus kan ik me nog heel goed herinneren omdat het zeer kort was. Zij stond net in een winkel toen ik haar belde. Na mijn korte uitleg werd het gesprek voortgezet door een winkelbediende die het toestel had overgenomen. De vrouw was letterlijk ter plaatse ingestort en niet meer aanspreekbaar. Dat schreeuwen op de achtergrond, als ik er aan denk, hoor ik het nog steeds.

Inmiddels zijn we weer een stukje gevorderd. In een zijweggetje staat een politiewagen verdekt opgesteld, duidelijk verborgen voor het afdalende verkeer.

Maar of de agent zich bezighoudt met dat verkeer, betwijfel ik.

Hij maakt een vermoeide indruk, zullen we maar zeggen.

Hij ligt, zover zijn dienstauto dat toelaat, min of meer achter zijn stuur en geniet van de zon die door zijn openstaand portier zijn proportioneel goed voorziene lichaam op temperatuur houdt. Met enige jaloezie trap ik verder en moet denken aan mijn eigen werk. Zou ik mijn werk liggend kunnen doen?

Na enige tijd bereiken we het plaatsje Brenner. En laten we eens gek doen, het gaat allemaal zo voorspoedig en met het gemak waarmee we deze pas hebben bedwongen zijn we ver voor op het tijdschema. Tijd voor een ijsje.

Maar ook hier, als we willen zitten waar we het ijsje willen eten, is er geen zicht op de fiets.

Ik open mijn stuurtas om de waardevolle spullen veilig te stellen. Leeg ... shit.

Met enige ontzetting constateer ik dat mijn tasje er niet in zit en eigenlijk direct weet ik dat ik het heb laten staan op de plek waar we het laatst hebben gezeten.

Paspoort, een nieuwe telefoon, portemonnee met weinig geld maar wel met mijn zorgpasje.

Wat een geluk dat ik mijn betaalpas en creditcard altijd gescheiden houd, nooit heb ik die pasjes in mijn portemonnee, thuis ook niet en deze voorzorg betaalt zich nu wel uit.

Ik maak een afweging. Welke waarde hebben de verloren spullen ten opzichte van een onvoorziene afdaling met tijdverlies. Deze laatste constatering laat mij besluiten dat ik mijn verlies wil nemen, jammer, stom, maar helaas. Alleen ... mijn paspoort.

Ik vraag me hardop af of ik dat ding eigenlijk de komende dagen echt nodig zal hebben?

Het komt in deze omgeving regelmatig voor dat er bij inboeken geen inschrijvingen plaatsvinden.

Vraag me niet waarom.

Maar waar het wel het geval mocht zijn, kan mijn vriend dat wel doen op zijn naam.

Ik wil wel verder, maar mijn vriend brengt mij, misschien wel verstandig, op andere gedachten.

Hij overreedt mij met het argument dat je waarschijnlijk bij de aanvraag voor een nieuw paspoort, moet aantonen dat je aangifte hebt gedaan van verlies. Hij heeft een punt.

Verdorie, dat ik zo stom ben geweest.

Nu moeten we dus terug, afdalen, geen probleem.

Maar we weten beiden ook, hoe gemakkelijk het ook ging, we moeten ook weer naar boven.

Geen ijs dus.

We gaan.

Richting 'Im weissen Rössi'.

Daar moet het tasje staan ... hoop ik.

Een paar jaar geleden reed ik de Brennerpas op vanaf de andere kant.

Ik had uitgerekend dat op het moment dat de lijkwagen met Rinus daarin, richting Nederland de Brennerpas moest passeren, ik daar ook ongeveer kon zijn. Mijn vrouw had liever gewild dat ik direct met een vliegtuig terug was gevlogen. Maar ik wilde per se met de fiets naar München.

Daar had ik twee redenen voor.

De eerste was dat ik de eerste twee dagen dezelfde route zou moeten afleggen als de lijkwagen.

Voor mij was dat om een of andere reden eigenlijk wel belangrijk. Het voelde als een soort eerbetoon, een afscheid. Met het idee dat hij de Brennerpas boven mijn hoofd zou passeren. De nieuw route loopt voor het grootste gedeelte boven en over de oude route. Dus de kans dat ik de wagen zou zien was nihil, maar ik geloofde erin.

De andere reden was om vooral weer op de fiets te gaan zitten.

Na het gebeuren realiseerde ik mij dat ik niet wist of ik nog wel zou durven fietsen, vooral in dat gebied. Tijdens mijn verblijf in dat stadje, had ik niet het gevoel dat ik bang zou zijn om weer op de fiets te stappen, maar dat had ik weleens gelezen. Dat iemand niet verder durfde rijden na een ongeval. Het had gekund, het ontwikkelen van een soort van angstsyndroom voor de fiets. Misschien zou ik het gevoel ook later kunnen krijgen, bijvoorbeeld tijdens de eerste de beste afdaling en toen dacht ik wel dat, als het zou gebeuren, ik door de omstandigheden gedwongen zou worden mij daarover heen te zetten. Misschien wel een erg optimistische voorstelling van zaken, maar het legaliseerde in ieder geval de reden om te gaan fietsen.

Achteraf was dat een zorg die nergens op sloeg. Nuchtere Zeeuw? Of verdringing? Misschien zou ik na deze reis hierop een antwoord kunnen geven.

Wel heb nog enkele keren omhoog gekeken in een kansloze poging misschien een glimp op te vangen. Onmogelijk, maar toch.

Het tasje. Het blijkt valse hoop. Ik baal en niet weinig ook. De serveerster leeft met me mee.

Ze kende de mensen niet die na ons aan hetzelfde tafeltje hadden gezeten. Dat hielp dus ook al niet.

Een beetje hulpeloos verlaat ik de tent en er zit niets anders op dan het grootste gebouw van het dorpje op te zoeken. Het goede aan dit alles is, dat we weten waar dat gebouw staat.

Bij aankomst blijkt het nog zo eenvoudig niet te zijn om binnen te komen. Er zijn namelijk drie deuren. Erg? Neen. Maar wel als er bij elke deur drie of vier bellen zitten met teksten die weliswaar in het Duits zijn maar die ik nog nooit op school heb geleerd.

Er zit niets anders op dan de eerste de beste bel te proberen. De eerste geeft geen enkele respons.

Bij de tweede horen we dat er in het gebouw een bel gaat. Dat moet wel goed zitten.

Even wachten maar. Maar dat duurt al vrij snel te lang. Nog een keer. Weer dat typische galmende geluid van een bel in een lege ruimte. Weer geen enkele reactie.

Uit wanhoop lopen we alle bellen af. Niets.

Het is zaterdag, zou dat het zijn? Gesloten in het weekend?

Zou die politieagent die we onderweg zagen, hier thuis horen? En kregen we daarom geen gehoor?

We hebben geen andere keuze. We zullen de goede man moeten storen in zijn weekendrust.

Weer verder, omhoog. Tot we bij de zonaanbidder zijn. Een geluk nog dat de zon er nog is, want anders was de goede man vast vertrokken geweest. De man is duidelijk niet gediend van deze verstoring. Geïrriteerd zuchtend komt hij overeind.

Ik ken enkele oude oorlogsfilms en hij voldoet volkomen aan mijn beeld van het cliché van een Duitse officier voorafgaand aan de verhoring van een verzetsheld. En zo voel ik me ook, alleen geen held.

Eerst een preek over zoveel stommiteit, toen het verhoor, maar op een manier dat na een paar vragen toch de verzetsheld in mij boven komt.

Nekharen gaan omhoog, adrenalinespiegel stijgt. Jarenlange onderdrukking door mijn calvinistische omgeving en deels bekrachtigd door schoolopleiding, heeft me in de jaren van vrijheid die daarop volgden, nogal non-conformistisch gemaakt, zeker ten opzichte van gezag.

Er dreigt een escalatie. In mijn verontschuldiging klinkt de boosheid goed door.

Mijn vriend grijpt in. Gelukkig maar. Want ik voel dat mijn afhankelijkheid en gevoel van onmacht zich omzetten in onverantwoorde boosheid. Het kan me op dat moment niet meer schelen wie ik daar tegenover me heb. In mijn beste Duits vraag ik waar ik aangifte kan doen. De SS-officier schiet in een ander modus. Ik zie het.

Hij legt uit dat we naar het politiebureau moeten gaan en aanbellen. En vervolgens reageert hij verbaasd wanneer mijn vriend vertelt dat we daar zijn geweest maar er niemand aanwezig was.

Deze mededeling zorgt ervoor dat hij zijn oproepsysteem gaat gebruiken. Juist op dat moment komt er een tweede politiewagen aanrijden. Toeval?

Een jonge politieagent stapt uit, en hij blijkt ook diegene te zijn die werd opgeroepen. Waarom hij niet op het bureau zat, begreep ik uit de vraag in het plaatselijk dialect gesteld? Zie ik een aversie van deze jongeling ten opzichte van de ander? Of ik wil het heel graag zo zien.

Hij verklaart zijn excuus, excuseert zich naar ons, en na enig onvriendelijk heen en weer gepraat van die twee agenten onderling, is de uitkomst dat de jongste van de twee naar het bureau gaat en daar zal vernemen wat het resultaat is van de andere afspraak.

En die andere afspraak is dat de bullebak met mij meerijdt naar 'Im weissen Rössi'.

Hij zal weleens ter plekke navraag doen.

Als wij daar aankomen, ik op de fiets en hij in zijn auto, vraag ik mij af wat hij nou eigenlijk wil.

Ik ben hier namelijk al geweest. Het meisje dat ons zo aardig heeft geholpen en mij nog geen uur geleden allervriendelijkst heeft bijgestaan in mijn zoektocht naar mijn spullen, wordt aan een kruisverhoor onderworpen. Niet apart, neen, publiekelijk en zo bars, zo luid dat het bijna weergalmt.

Alleen het lampenlicht in haar gezicht ontbreekt nog.

Ik schaam me voor de situatie waarin ik haar heb gebracht, maar kan geen kant op. Liefst zou ik weglopen. Welk een drama wordt er opgevoerd.

De blik van de aanwezige gasten, echt vol ontzetting met een gezicht van 'wat gebeurt hier'?

Met een stemverheffing, bijna schreeuwend, autoritair en qua inhoud op een toon, dat het meisje zich wel schuldig moet voelen voor de stomme fout die ik heb begaan.

Ik zie haar letterlijk in elkaar krimpen zodat mijn schuldgevoelens ondragelijke proporties aannemen en ook nog eens overgaan in medelijden.

Het gebrul heeft totaal geen zin want we hebben al goed gekeken.

Dan plotseling is het stil. Al die tijd heeft een gast haar lepel vastgehad, balancerend tussen bron en doel en realiseert zich nu dat ze verder kan eten. Ik denk soep. Ze hoeft niet meer te blazen.

Een aantal gasten kijkt nog steeds met ongeloof naar de man in uniform.

Dezelfde man draait zich in één keer om en vraagt mij om hem te volgen. Ik mis het klakken met de hakken van de laarzen. Zeer gewillig volg ik de beste man. Iets anders zou ik niet eens durven.

Buitengekomen verwijst hij mij naar het politiebureau zonder nog even terug te komen op hetgeen hiervoor allemaal is gebeurd. En weg is hij.

Ik begeef me richting politiebureau waar mijn vriend reeds is en waar een allervriendelijkste politieagent, de jonge man die we inmiddels kennen, alle papieren in orde maakt die het onbezorgd reizen voor mij weer mogelijk maakt.

Thuis zien we wel weer verder.

HOOFDSTUK 14

Een wolf

Mistflarden hangen als langgerekte, uitgetrokken katoenbollen rond de bomen in het dal, de toppen van de bergen om ons heen steken duidelijk zichtbaar boven die mistflarden uit en we rijden er zo naar toe. De weg gaat nu nog langzaam omhoog. Voor ons ligt een schitterende weg deels langs de flanken van een berg en deels door het dal zelf. Het zal de eerste uren een kwestie worden van dalen en klimmen. De zon wint snel aan kracht, en ik verwacht dat de mistflarden snel terrein zullen moeten prijsgeven.

Later op de dag gaan we dan echt de Dolomieten in als we deze vallei uit gefietst zijn, en kunnen dan de fietskaart even laten voor wat het is. Verdwalen op een fietstocht door een vallei is bijna een onmogelijkheid. Bijna. Met ons weet je het maar nooit.

Onze route zal verder ook nog eens een rivier stroomopwaarts volgen, ons voornaamste baken en een zekerheidje.

Dus vandaag een goed zichtbaar kompas, en bij aanvang van de rit goed berijdbare wegen.

Het asfalt maakt dat prettige, zingende geluid onder onze banden, heel anders dan die fietspaden langs de meeste andere rivieren of beken.

Die bestaan meestal uit die bekende, grijze steenslag, en bij aanraking van de fietsbanden met die steentjes ontstaat dan dat typische knisperende geluid dat je na verloop van tijd best wel zat wordt. Het vraagt ook veel meer van je concentratie, turen naar de eventuele oneffenheden, ontwijken van de modderpoelen, en het belemmert te vaak het in je opnemen van de omgeving.

Ik moet onwillekeurig weer denken aan Rinus. Die hield helemaal niet van die onverharde paden. Die verkoos dan liever de soms best wel erg drukke verkeerswegen als alternatief. Het langs je heen daveren van het verkeer en zeker dat vrachtverkeer was niet altijd leuk om te ervaren.

Auto's, dus toch. Het beeld van de aanrijding komt weer boven. Zijn lichaam lag meters verder van waar ik stond en in een reflex eigenlijk, ben ik daar naar toe gerend. Weet niet eens meer of ik op mijn eigen veiligheid gelet heb.

Maar weet wel dat ik me pas weer van mijzelf bewust werd op het moment dat ik naast het onbeweeglijke lichaam stond dat daar lag in een onnatuurlijke houding. Onder de gescheurde wielerkleding waren de schaafplekken duidelijk zichtbaar. En daar stond ik dan. Wat schoot er door me heen? Ik weet het echt niet meer, alleen dat gezicht, de dood, dat zag ik.

Mijn weliswaar vroegere ervaring als verpleegkundige vertelde mij direct al dat hij was overleden, de o zo kenmerkende manier waarop hij zijn laatste adem uitblies.

In een flits, een seconde, kwam het gesprek van die ochtend naar boven en toch: tegen beter weten en uitdrukkelijk ook nog eens tegen zijn wens in, begon ik de eerste handeling te verrichten om te reanimeren.

Ik kon niet anders al wist ik wel beter. Maar de ontzetting, onmacht en radeloosheid waren heer en meester over mijn denken en de daaraan gerelateerde beslissingen.

Nooit heb ik me machteloos gevoeld in de toch vele stressmomenten die er waren geweest tijdens de uitoefening van mijn vroegere beroep, maar nu zat ik met een dilemma van wel of niet reanimeren dat ook nog eens werd beïnvloed door persoonlijke emoties. Maar alle seinen stonden op actie. In bezit genomen door de dwang om te moeten handelen, knielde ik naast hem neer. Als eerste zijn ademhalingswegen controleren of er geen obstructies zaten.

Hierna zochten mijn vingers de juiste plaats en mijn twee handen zetten zich in de gewenste vorm op de gewenste plek van zijn bovenlichaam.

Maar de eerste aanraking vertelde mij genoeg. Ik voelde de ribben onder mijn handen kraken en onderbrak onmiddellijk mijn handelen. Het was een duidelijke schrikreflex. Daar was alles gebroken was mijn snelle conclusie. Wat nu?

Die wetenschap, mijn hulpeloosheid en de schrik deden mij opveren, en voor het eerst besteedde ik aandacht aan de omgeving.

Mijn blik was een zoektocht, zoeken naar hulp. Maar welke vorm van hulp wist ik eigenlijk ook niet.

Een paar auto's komende uit de richting waar wij vandaan waren gekomen, reden heel, heel langzaam voorbij.

Ik keek en zag een van de bestuurders door zijn raam van het portier kijken met zijn ogen vol schrik, angst, verontwaardiging? Ik weet het niet. Misschien wilde ik dat wel zien, zag ik mijzelf in die ogen.

Maar juist die ogen van die ene automobilist zijn een onuitwisbare herinnering gebleven. Zeker op de momenten als het gebeuren uit mijn herinneringen wordt opgeroepen, zoals bijvoorbeeld nu.

Op de andere weghelft liep een jongen waarvan ik in eerste instantie schatte dat hij rond de twintig jaar oud moest zijn, te schreeuwen in een telefoon, liep mijn richting op en weer terug en weer mijn richting op en weer terug. Te ijsberen?

Tevens bleef hij maar schreeuwen in die telefoon. Italiaans, ik had dus geen flauw idee wat hij riep.

Zijn bewegingen die hij met zijn andere arm maakte, gaven het beeld van radeloosheid.

Of was ik radeloos?

Ik vermoedde, ik hoopte dat hij een ambulance aan het bellen was of politie, ook goed, tot mij opviel dat er maar één auto stond aan de kant van de weg, daar waar enige minuten geleden Rinus en ik zich bevonden.

Dat die auto daar zonder bestuurder stond en de motorkap van de auto een paar flinke deuken had, zag ik wel. Ik herinner me ook nog goed dat mijn gedachten snel gingen, mijn geest een verklaring zocht, een hokje om in te plaatsen. Mijn hersenen waren op zoek naar orde scheppen. Paniek voorkomen.

Het kon bijna niet anders: hij was de bestuurder van de auto die Rinus had geschept. Ik besloot dat het zo was.

Hoe oud zou hij zijn? In tweede instantie schatte ik hem nog jonger, achttien, negentien, vast niet ouder. Zijn gezicht, zo jong nog, en nu al betrokken bij een dodelijk ongeval.

Ik vond het vreselijk voor hem, maar kon zo snel niet iets verzinnen om hem te helpen. En dan nog onder deze omstandigheden: wat had ik voor die ander kunnen doen? Overigens, denk ik nu, de taal zou sowieso een probleem zijn geweest.

Ondanks mijn vergevorderde poging om ordening aan te brengen in mijn gedachten, stond ik nog steeds verdwaasd naast het lichaam en nogmaals, ik herinner me goed dat hulpeloze en radeloze gevoel. En dat ik maar om me heen bleef kijken op zoek, ja, op zoek naar wat eigenlijk? Best wel vreemd dat ik op dat moment dacht aan de impact van een dergelijk ongeval op die jongeman.

Ik kan me als de dag van gisteren nog herinneren hoe wanhopig en alleen ik mij voelde op dat moment, vooral door het niets meer kunnen doen dan slechts alles dat er om mij heen afspeelde te aanschouwen, dat wat ik zag en wat zich aan mijn blikken voltrok. Daar stond ik maar, naast het roerloze lichaam van Rinus.

Geen regie meer en dat was iets dat ik niet kende.

Ik was dus niets meer dan een toeschouwer, maar wel onderdeel van een dramastuk. En zo gedroeg ik mij ook. Ik keek alleen maar om me heen. Naar andere toeschouwers, het was er maar een enkeling maar toch, de nog steeds telefonerende jongen, maar wel al iets rustiger, auto's in een file, meewarig kijkende koppen vanachter een ruitje van een autoportier. Tot de ambulance kwam. Was ik in shock geweest?

Ik word uit mijn wereld van eigen gedachten gehaald door mijn vriend. We hebben een bocht gemaakt en het landschap verandert verrassend.

Vrij onverwacht verbreedt zich het dal en voor ons ligt een vrij uitgestrekt gebied met veel bebossing. We zitten nog vrij hoog, kijken over een brede vlakte die zich uitstrekt zover wij kunnen kijken. Niet belemmerd door enig gebergte dan ook.

Die bebossing blijkt voor vandaag aangenaam te zijn, het lover van de bomen zorgt dat de zon zijn woede niet kan botvieren op onze onbedekte lichaamsdelen, en het biedt op die manier wel degelijk enige verkoeling.

Soms zien we onderweg een open plek tussen de bomen. Het lijkt op weiland, alleen we zien geen begrazing dan wel afrastering die daarop zou kunnen duiden. Daarbij ook nog eens opgemerkt dat we zeker het afgelopen uur geen enkele bebouwing meer zijn tegengekomen.

Dan komen we bij een leuk gesitueerd bankje en besluiten dat het de komende tijd van ons is. We spreken onze verbazing uit over de uitgestrektheid van het gebied waar geen enkel teken van leven is te bespeuren of het moeten de vogels zijn die we horen en soms ook zien.

Omdat we dus geen enkel stadje of dorp ontwaren, kunnen we niet anders besluiten dan de inname van koffie uit te stellen, maar wel een pauze te nemen.

Het bankje staat op een open plek naast het onverharde fietspad dan wel voetpad. Dat pad. Geen idee, we zijn er ingereden omdat er een bordje stond dat het voor fietsers was. Dat het vrij smal blijkt te zijn, dat kennen we inmiddels. Het bordje gaf ons de zekerheid dat het begaanbaar was en waarschijnlijk niet zou doodlopen want die ervaring kennen we eveneens. Tot nu toe geen teken dat het niet goed zou gaan, maar de desolate omgeving is toch wel opvallend. Waar gaat dit heen?

Als we gaan zitten, kijken we rechts van ons over een grasland. In onze rug beginnen weer de bomen en struiken. Kortom, een heerlijke plek, lekker afgesloten. Het ziet er gebruikt uit; niet zo'n bank die groen uitgeslagen is door te lange blootstelling aan weer en wind en dus te weinig gebruikt. Al pratende concluderen wij dat we in een gebied zitten waar wandelaars graag komen omdat het bankje een gebruikte indruk maakt, maar dat het tijdstip in het jaar misschien de oorzaak is dat er geen wandelaar te zien is, maar ... ook geen lokale boer of wie dan ook.

Het doet verlaten aan, maar dat vinden we beslist niet erg, memorerend aan de fietspaden langs de Donau waar horden fietsers op vaak hoge leeftijd met bussen tegelijk het vakantieplezier voor anderen zo kunnen bederven door hun massale aanwezigheid. Die mensen zelf zien de overlast niet die ze geven. Het is hun manier van genieten. Massatoerisme. Het zou verboden moeten worden. Ze wanen zich vaak alleen op die paden, en blijven gezellig naast elkaar rijden waarbij drie of zelfs vier geen uitzondering is, vrolijk mopperend over de jeugd van tegenwoordig en over het onvolledige ontbijt van die ochtend. Ze blijven op leeftijd en zeuren wat af. Een fietsbel heeft niet veel zin. Cliché, maar het lijkt te kloppen. Je kunt drie, vier keer bellen, maar ook het gehoorapparaat staat afgesteld op korte termijn. En ondanks de batterij onder de bagagedrager, is de snelheid aangepast op dertig kilometer per dag en niet per uur. Overigens zijn er een flink aantal fietsers die niet alleen een batterij onder de bagagedrager hebben maar ook nog één daarboven. De stand vetverbranding staat overduidelijk op plus nul.

Natuurlijk kan de gezondheid meespelen om een fiets te kopen met ondersteuning, zo'n rijdende steunkous is dan een uitkomst. Maar voor een groot aantal lijkt het mij meer een obesitastrainer met remmen.

Dus mijden wij zoveel mogelijk dat soort toeristische routes. Het klagen, kreunen en steunen komt voor ons misschien ooit, maar voorlopig stellen we het uit.

Omdat het er allemaal zo verlaten bij ligt maken we een grap over de film 'the wrong turn' en gaan toch maar zitten; een mueslireep uit de reservevoorraad met een paar slokken water vervangen de koffie met gebak.

Het is wel even lekker, een aangenaam temperatuurtje door de schaduw van het lover en het uitzicht door de openheid die het grasland creëert. Daarbij let ik even niet op mijn doornatte wielershirt dat geplakt zit aan mijn lijf en, omdat we stilstaan, wel degelijk van invloed is op de ervaringstemperatuur. De openheid door de nabijgelegen grasvlakte zorgt ervoor dat het licht in de open strook valt en onze fietsen staan daar afgetekend tegen de strook begroeiing aan de andere kant van het pad.

Het is genieten van de rust. Alleen het fluiten van de vogels doorbreekt zo nu en dan de stilte, geen koebel, geen automotor, zelfs geen kabbelend, ruisend riviertje, helemaal niets verstoort ook maar die rust.

De mueslireep wordt verorberd en de benen gaan languit, even genieten van de ontspanning.

Voor mijn vriend mogen die momenten vaker en langer duren, ik daarentegen ben een stuk onrustiger; ik wil altijd maar weer verder, en het is dan ook altijd zoeken naar het compromis. Maar dat zoeken wordt ons bespaard deze keer. Hoe lang we daar zitten, geen idee.

Want zo maar uit het niets komt daar een grote hond – we maken er een herdershond van – in een o zo typische loop die een wolf zo mooi kan hebben als hij alleen is en in een strak tempo een gebied verkent. Een manier van lopen die zo'n wolf uren kan volhouden.

De tijd dat we hem of haar zien – we discussiëren onderwijl over het geslacht – is maar kort maar hij of zij maakt indruk door de grootte van de verschijning en de volle vacht vooral rond de nek.

Een hele mooie hond vinden we beiden.

Hij is voorbijgelopen zonder ons een blik waardig te gunnen. Onverstoorbaar verder gelopen.

Het is nu wachten op zijn baasje. Het zou de eerste mens zijn die we te zien zullen krijgen na uren.

We wachten en wachten, maar … niemand.

Ik sta op en ga kijken, mijn ogen speuren het pad af naar beide kanten. Van de hond is niets meer te zien, maar van een baasje dat bij de hond hoort, evenmin. Mijn vriend staat inmiddels naast me, beiden kijken we elkaar vragend aan, en lopen terug naar het bankje.

Wat moet een hond op deze afgelegen plek zonder baasje? Verdwaald? Aan een boom gezet en het touw doorgebeten?

Geen mensen, geen bebouwing, geen baasje en … Had die hond wel een halsband om?

Onze conclusie wordt neen, gezien de mooie dikke vacht om de hals was een band was ons zeker opgevallen.

Er volgt een gedegen deductie uit de gegevens van het gebeuren die ons tot geen andere gevolgtrekking kan brengen dan
dat we een wolf hebben gezien.

Ongeloof is te lezen in onze ogen als we elkaar nogmaals
aankijken. Verbazing alom.

Al die jaren nog nooit een wild zwijn gezien.

En dan dit. Slechts gescheiden door een paar meter en
onwetendheid.

Een wolf?

HOOFDSTUK 15

De plek van ...

Op de rand van mijn bed gezeten, gesp ik mijn schoenen dicht.

Dit is de dag dat we langs de plek rijden waar Rinus is verongelukt, en er staat een bezoek gepland aan het hotelletje waar ik een aantal dagen moest verblijven in verband met dat ongeluk. Dezelfde route van toen zou ons nu ook weer naar beneden brengen, het stadje in.

Gevoelens van angst of ongerustheid waren er niet, wel meer het stilzwijgen erover dat aan mij vrat.

Mijn huidige fietsvriend weet nog van niets. Het is ook beslist niet mijn bedoeling hierover van tevoren nog iets te zeggen.

Ik zal proberen zo snel mogelijk de plaats van het ongeval te passeren, in de vallei het stadje in te rijden en langs het familiehotelletje gaan. Uiteraard zal ik moeten verantwoorden waarom ik op een ongebruikelijk tijdstip wil stoppen bij een hotel. Maar dat komt later dan wel.

Tijdens het inpakken van de tassen glijden mijn gedachten maar weer eens het verleden in.

Ook toen zat ik op de rand van mijn bed en begon Rinus over reanimeren. Zomaar, uit het niets. Hoe vreemd is het niet achteraf dat hij de ochtend van zijn ongeluk begon over het wel of niet reanimeren. En hij was daar zeer stellig over.

Als het zich voor mocht doen, wilde hij niet gereanimeerd worden.

De discussie die plaatsvond was er een tussen twee gelijkgestemden.

Niet wetende dat een paar uur later de conclusie van deze discussie zinloos zou blijken te zijn.

'Ik ben klaar.' Die woorden brengen mij weer terug op de rand van mijn bed. Mijn handen nog bij mijn schoenen. Hij is vlug vandaag. Toeval?

Even later nemen we afscheid en, zoals gebruikelijk, laden we onze bagage op de fietsen. Alleen loop ik de bevestiging deze keer nogmaals af, maar vraag me niet waarom. Ik herken dat totaal niet bij mijzelf en vraag me af of er sprake kan zijn van onbewuste processen.

Zou ik geforceerd overkomen? Moet ik ergens over praten, het weer of zo, of helemaal niets zeggen? Hoe verberg je een opkomende opgewondenheid over een onderwerp waar je nog niets over kwijt wil?

Door gewoon te doen. Maar als je dronken bent, denk je ook dat je controle over jezelf hebt.

Hoewel deze situatie uiteraard niets met dronkenschap heeft te maken. Kortom, zal hij iets merken? Ben ik anders dan anders?

Gelukkig stappen we snel op en gaan. Op naar een stukje klim en daarna die afdaling. Het stukje klim hebben we bewaard voor vandaag. We waren een leuke plaats tegengekomen waarvan ik me het bestaan niet meer kon herinneren.

Bij de top aangekomen, ligt daar een skidorp en herken ik het hotelletje waar ik de bewuste nacht heb doorgebracht voor die fatale ochtend. Mijn gedachten krijgen weer de vrije loop want mijn fietsgenoot rijdt iets verder achter mij aan.

De weg leent zich niet voor een gesprek op de fiets en tevens is hij een beetje achteropgeraakt in dat laatste stukje klim. Ik besluit nu eens niet even te wachten, maar door te gaan, naar beneden. Laat wel met een wuivend handje weten dat ik hem in het vizier zal houden.

Als je te ver wegrijdt in een afdaling en je merkt dat de ander niet meer achter je zit en dus misschien wel pech heeft, dan moet je wel het afgelegde stuk terug klimmend afleggen.

En maar hopen dat het alleen maar materiaalpech is.

Het zal trouwens lastig worden om met deze snelheid de plek te herkennen waar alles gebeurd is.

Wat ik anders veel te weinig doe, doe ik nu wel. Ik knijp iets vaker in de remmen, maar niet met een reden die veiligheid heet. Bang, nee, niet het goede woord in dit geval, meer ongerust, om dat punt voorbij te snellen zonder het te herkennen. En dan is er dat punt van herkenning, zicht op de vallei diep onder mij rechts en de rotsachtige, steile wand aan de andere kant van de weg.

In de bocht, dat beeld, ik zie hem weer liggen. Ik hoor hem ook weer mijn naam roepen en dat hij een foto wilde maken. Mijn opgedane ervaring vertelde mij dat die plek te gevaarlijk was, ik wilde niet stoppen. Tot ik remmen hoorde schuren, en ik mij realiseerde dat hij wel gestopt moest zijn.

Ik kon niet anders dan ook stoppen, alleen zocht ik een veilige haven.

De weg was mij te smal om af te stappen. Althans de rechter weghelft waar ik stond.

Die bood eigenlijk geen ruimte om stil te staan naast je fiets.

Stopte wel maar uit veiligheidsoverwegingen bleef ik dus op de fiets zitten, mij vasthoudend aan de reling. Bij tegemoetkomend verkeer was het voor een automobilist haast onmogelijk elkaar te passeren. Ongerust keek ik dan ook zijn richting op. Hij was al afgestapt en stond foto's te maken van de vergezichten. Het uitzicht was inderdaad schitterend. Gelukkig was het nog vroeg en was er weinig verkeer. Een inschatting slechts op basis van weinig auto's op dat moment want ik kende deze streek nog niet goed genoeg.

'Even een foto van jou,' en hij liep naar de overkant.

'Doe dat nou niet en ik wil niet eens op de foto, laat dat aan Japanners.'

Mijn woorden maakten geen indruk. Hij stond al aan de overkant, op een soort van trottoirband die langs de rand van de weg tegen een rotswand was aangelegd.

Ik draaide mijn rug naar hem toe, wendde mijn blik richting de afgrond in de hoop dat de foto dan en profiel gemaakt zou worden.

Ik houd niet zo van foto's waarop je later kunt zien dat je lach niet echt is.

Toen hoorde ik die klap, een harde klap, en wat ik nog goed weet, is dat ik op dat eerste moment geen reden voelde om onmiddellijk om te draaien.

Eigenlijk drong de klap niet direct tot me door. Ik gaf er geen betekenis aan, hoe kan dat ook, als je wegkijkt de afgrond in, en niet let op hetgeen er zich achter je op de weg afspeelt.

Geen enkel vermoeden dus van wat daar achter mij gebeurde. Tot het plots echt tot mij doordrong dat ik een klap had gehoord. De reactie was echt een reflex. In een ruk draaide ik mijn hoofd om en keek weer richting waar hij gestaan zou moeten hebben.

Maar leeg, hij stond er niet. Dit alles speelde zich af in één, twee seconden?

Die gedachten en beelden gaan nu razend snel. In een paar meter afdaling. Te snel?

Nog een stukje verder herken ik de plek waar hij geschept werd.

Ik zie de opstaande rand waar toen die ene schoen nog stond. Was blijven staan?

Hoe akelig en vreemd was dat wel niet. Op die trottoirband stond één schoen. Hoe dat heeft kunnen gebeuren, is een vraag die ik me nog steeds stel. Letterlijk uit zijn schoenen gereden? Maar dat zou niet moeten kunnen want als hij op de trottoirband was blijven staan, had die auto hem nooit kunnen scheppen. Of …?

In dat korte moment zie ik ook de nog steeds ongeverfde en roestige reling waar ik moet hebben gestaan.

Dan ben ik er voorbij en gaat het verder richting vallei waar het stadje ligt. Meer tijd geef ik mijzelf niet. Zeker niet stilstaan hier. De weg naar beneden wordt toch afgelegd in een waas van beelden die voorbijschieten. En toch heb ik ook oog voor de weg, mezelf realiserend dat dit zeker geen moment is om emoties te laten overheersen. Ik tik de zeventig aan op de teller en dat vraagt toch concentratie.

Wie waren er eigenlijk als eerste ter plekke, de politie of de ambulance?

Belangrijk? Niet zo.

Wat ik voor me zie, is het intuberen door het ambulancepersoneel wat maar niet lukte. En daarna werd het slachtoffer snel op een brancard gelegd en weg waren ze. Sirene en zwaailicht. Ik stond daar. Midden op de weg. Politie was aan het meten en er liep iemand foto's te maken en te filmen. In deze afdaling komt nu weer naar boven dat ik mij toen afvroeg hoe ik in godsnaam met twee fietsen èn bagage deze afdaling zou moeten nemen. Wat een bizarre gedachte toen op dat moment.

Dat was ook de reden geweest dat ik uit een soort trance kwam, en mij realiseerde dat ik nog steeds midden op een weg stond terwijl de ambulance al een paar minuten weg was.

Maar ook de politie had blijkbaar weinig oog voor mij.

Dus was ik uiteindelijk maar naar de twee fietsen gelopen die nog tegen de reling stonden te wachten. Te wachten op wat?

Mijn redding is geweest dat een onbekend iemand een vrouw had gebeld om te helpen. Een vrouw die Duits sprak. Een vrouw met de naam, hoe verzin je het: Maria. Waarom zit er een herhaling in mijn gedachten?

Zij pakte mij letterlijk bij de arm en gaf mij richting. Dwong mij ook te luisteren.

Pas dagen later realiseerde ik mij dat het geweldige mensen waren die zich om mij heen hadden verzameld. Wie komt er op het idee om een soort tolk te bellen voor iemand die ze niet eens kennen? En dat niet alleen.

Er was een wagen onderweg met aanhanger, die zou de fietsen beneden brengen.

En die auto met aanhanger, bleek een pick-up … Eigendom van de vader wiens zoon mijn oud-buurman had geschept.

Deze hele gebeurtenis flitste door mijn hoofd, toen ik de plek waar dat alles zich had afgespeeld, passeerde. De behoefte om te stoppen kwam niet in mij op, los van het gevaar. Blijkbaar had de hele geschiedenis dus wel een plekje gekregen.

Maar hoe dan?

Ik zou in een hotel ondergebracht worden, de kamer was al geregeld. Was al geregeld? Ongelofelijk. Er was me niets gevraagd, maar ik vroeg me toen niet eens af waarom niet. Het was al geweldig dat het voor me geregeld was en dat liet ik zo. En daar was ook nog de opmerking dat ik vandaag nog op een bepaald tijdstip op het politiebureau moest zijn. Dat herinnerde ik me nog wel. De ongestructureerde structuur die mij werd opgelegd. Een onwerkelijke werkelijkheid. En geen enkele behoefte om daar ook maar wat aan te doen. De fietsen zouden naar het hotel worden gebracht en ik zou worden afgezet bij het ziekenhuis. Maria zou dan met me meegaan. Maria zou de komende dagen mijn steun en toeverlaat blijken te zijn.

Sterker nog, die eerste avond in het hotel, kwam ze nog eens extra langs. Zomaar.

Soms moet je geloven in engelen. Of Maria.

HOOFDSTUK 16

Vino Rosso

We suizen met een flinke snelheid het stadje binnen. Het is maar goed dat borden aangeven dat we voorrang hebben want anders? Wat, want anders? Evengoed had er een voertuig uit die straten kunnen komen, maar hoe het komt dat ons vertrouwen in de borden sterker is dan de gedachte dat een andere weggebruiker onvoorzichtig zou kunnen zijn, begrijp ik niet en ik wil er vooral niet te lang over nadenken. Komen veel te snel langs het politiebureau dat ik nu wel herken. Het is voor mij ook het herkenningspunt van waaruit ik de weg kan vinden naar het hotel. Niet zo gek als je drie dagen doelloos hebt rondgelopen in dat stadje dat zo groot is dat je in een paar uur tijd reeds alle straten, steegjes en pleintjes al wel hebt gezien. En de postduif in mij prijst zich gelukkig met de eigenschap, ooit één keer ergens geweest, dat ik het wel weet de volgende keer.

Nu is de tijd daar om duidelijk te maken waarom we dit stadje inrijden. Ik vertel mijn vriend dat ik even langs een hotelletje moet om mensen een hand te schudden omdat ik aan die mensen een goede herinnering heb overgehouden.

Verder vertel ik niets.

Nog niet.

Bij het hotel gekomen zet ik mijn fiets neer, en loop een kleine lounge in. Mijn ogen moeten acclimatiseren omdat buiten de zon reeds goed aanwezig is en het binnen vrij donker lijkt.

Mijn vriend blijft buiten wachten. Min of meer op verzoek.

Het hotel was een familiehotel dat werd geleid door de dochter. Haar vader had ik leren kennen als een uitbuikende, vriendelijke Italiaan die vooral het werk achter de bar deed.

Ik ga ervan uit dat die situatie onveranderd is gebleven. En anders zie ik het wel.

Wat voor mij een zeer dierbare herinnering is, is die vader. Op de dag dat de dochters van Rinus arriveerden, kon ik mijn tranen niet bedwingen. Toen zag ik dat bij deze man eveneens de tranen over zijn wangen liepen. Meer steun kun je niet wensen. Achter de balie van de lounge tref ik de man van die dochter. Dat is in ieder geval de eerste geruststelling. Niets veranderd voorlopig.

Ik geef hem een hand, maar er is geen enkele blijk van herkenning, vreemd. Het brengt een lichte verwarring bij mij teweeg.

Mijn gedachte is dat een dergelijke gebeurtenis – het zal toch geen dagelijkse gebeurtenis zijn dat er een Nederlander verongelukt – wel een blijvend beeld van mij zou hebben achtergelaten.

Mijn hernieuwd voorstellen door een hand te schudden en toe te spreken, maakt mij weer duidelijk dat hij Duits noch Engels spreekt; toen ook al niet, dus dat is niet veranderd in die paar jaar.

Met handen en voeten maakt hij mij snel duidelijk dat hij zijn vrouw zal gaan halen.

Ook dat beeld herken ik dan nog wel. Zij werd er altijd bijgehaald omdat zij in ieder geval Engels kon spreken, al was het gebrekkig. Terwijl hij wegloopt, valt mijn oog op de telefoon die op de balie staat.

Een andere emotionele herinnering komt direct naar boven.

Na mijn bezoek aan de politie was mij duidelijk gemaakt dat ik het stadje niet mocht verlaten, niet voordat de familie uit Nederland was gearriveerd om de man, hun vader, te identificeren.

Al een paar dagen vertoefde ik in het hotel en overdag doodde ik de tijd door meerdere malen het stadje te verkennen. Wat al snel veranderde in doelloos, hulpeloos en zielloos rondhangen.

Inmiddels had ik het gevoel dat iedereen mij daar wel kende, temeer omdat mijn hoofd op TV was geweest en in een paar kranten had gestaan. Echter daar iets van merken deed ik niet.

Het werden vooral dagen waarop ik ging begrijpen wat eenzaamheid kon zijn, wat het betekende.

Mijn hoofd zat vol met vragen, met het willen vertellen van dingen of over gewone dingen willen praten. Nederlands, vooral Nederlands, die behoefte weet ik nog wel, was sterk aanwezig.

Niemand sprak hier Engels of Duits, zelfs de artsen in het ziekenhuis spraken geen tot zeer gebrekkig Engels. Zelfs als ik koffie wilde, moest ik die aanwijzen.

Op het politiebureau was er speciaal een agent van elders gehaald om met mij het proces-verbaal op te maken. Maria mocht er niet bij zijn.

Het enige Italiaans dat ik in die paar dagen heb kunnen leren, was mijn bestelling in het hotel.

Om de avond door te komen. Vino Rosso. De lokale rode wijn. 's Avonds nam ik de nodige glaasjes. Vino Rosso, mijn enige beheersing van de Italiaanse taal.

Het moet ook iets zeggen over mij en het contact met de lokale bevolking. En dan dat moment dat de dochter mij komt halen vanachter mijn Vino Rosso omdat er telefoon is voor mij. En dan kom ik daar, bij die telefoon waar ik naar zit te staren. Weet nog wel dat het een of andere alarmcentrale was die een aantal gegevens van mij wilde. Over Rinus.

Ik vertel het allemaal heel braaf en vooral formeel, en weet nog hoe fijn het was even Nederlands te spreken met iemand.

En toen, na alle vragen te hebben doorlopen, kwam die vraag aan de andere kant van de telefoon: 'En … hoe gaat het met U?'

De tranen spoten werkelijk mijn ogen uit. Ik stortte net nog niet in, maar kan me dat moment goed herinneren en vanaf dat moment heb ik een voorstelling van mensen die het hebben over: en toen stortte ik in. Want dat was het eigenlijk wel. Emotioneel totaal van de kaart hing ik snel op.

De andere kant hoefde dit niet te horen.

Die gedachte aan dat moment, wordt gelukkig verstoord omdat de Engelssprekende vrouw aan komt lopen, en ik zie aan haar gezichtsuitdrukking dat er geen enkele blik van herkenning is.

Een tweede teleurstelling dient zich aan. Maar zij is wel degene met het gebrekkige Engels.

De beweging met haar wenkbrauwen maakt mij duidelijk dat zij zich mij niet meer herinnert. Hoe is het mogelijk? En inderdaad, zij heeft een paar geheugensteuntjes van mij nodig om mij voor de geest te halen. Er volgt een gemeende, beheerste kreet die duidt op de herkenning en vooral het waarom van mijn verblijf destijds. Maar verder is mij toch ook wel snel duidelijk dat het voor haar niet meer is dan gedoe. Er volgen snel de noodzakelijke, sociaal wenselijke uitwisselingen van beleefdheden, maar ik zie ook haar ongemakkelijke houding in deze opgedrongen situatie. De derde teleurstelling is een feit. Onmiddellijk stelt ze voor om mij mee te nemen naar haar vader, dat dan weer wel.

Ondanks dat ik denk dat ze snel van me af wil, en niet zo goed weet wat te doen, klinkt het goed.

Toch gebeurt er iets met mij dat ik zeg dat ik dat niet wil, dat ik alleen maar even langs kom om een hand te geven, en om nogmaals een keer te bedanken.

Ik wil een vierde teleurstelling niet meemaken omdat hier zoveel gevoelige, maar ook mooie herinneringen liggen. Hoe gek dat ook moge klinken.

Mooie dus. Zeker. Maar alstublieft, geen vierde teleurstelling.

Snel probeer ik de situatie te verlaten, en heb toch ook wel sterk de indruk dat ook zij daar niet rouwig om is. Waar ik me nog het meest over verwonder, is dat de mensen hier niet eens meer weten wie ik ben. Dat is echt even slikken.

Een ingrijpende gebeurtenis in mijn leven blijkt voor de ander op afstand een van de vele dagelijkse dingen te zijn die er gebeuren. Een constatering die tot nadenken stemt.

Buiten vertel ik kort waarom ik in het hotel moest zijn.

Mij wordt dan ook duidelijk dat ik geen spijt hoef te hebben dat ik niets heb gezegd vooraf.

Hij is wel degelijk lichtelijk verontwaardigd, had het graag geweten, maar begrijpt het.

Respect voor mijn beslissing is er, maar zijn zorg is meer preventief van aard. Hij had het wel graag geweten dan had hij zich kunnen voorbereiden op eventuele dingen die toch hadden kunnen gebeuren.

De grote verwerking heb ik toen alleen moeten doen en deze keer is het niet veel anders. Maar de bezorgdheid van de ander doet me goed.

Alleen moeten doen? Het was toen blijkbaar toch een bewuste keuze? Dat zou zomaar eens kunnen.

Zo zit ik dus blijkbaar in elkaar.

HOOFDSTUK 17

Het hemelbed

Sinds enkele uren dienen zich dreigend donkere wolken aan met meer dan waarschijnlijk veel vochtige inhoud.

Dan weer ligt die dreiging links, dan weer doemt hij rechts op of achter ons. Het lijkt of we de bui kunnen voorblijven dan wel links of rechts kunnen passeren. Maar dit is een land waar heuvels verspreid in het landschap liggen als een epidemie van allergische bulten; waar wegen er soms gemakshalve overheen zijn aangelegd, maar veel vaker tussendoor, en dan slingert het ons op een zeker moment toch richting de dreiging die nu niet alleen te zien, maar ook hoorbaar is. Gewitter. Klinkt dreigender in het Duits. En zeker niet leuk .

De keerzijde van het naderende ongemak is dat het voor verkoeling zal zorgen, en hoewel onze dag er bijna op zit, willen we eigenlijk nog wel een uurtje doorrijden. We zitten dus niet te wachten op de meer dan waarschijnlijke, onherroepelijke regenval. De koelte wel, maar niet de bijbehorende nattigheid. Vanavond of vannacht, nog beter, maar nu nog even niet.

Helaas, even later maken de eerste grote druppels grillige zwarte vlekken op de weg alsof een kwast met zwarte waterverf uitgeslagen wordt op een wit canvas Ik schrik plotseling van een koude flats in mijn nek, ook daar een druppel. Nee, geen vlek, maar het druipt. Ik schrik vooral van de zeer lokale koude omdat de zon de hele dag haar best heeft gedaan om de huid daar rood te doen verkleuren.

Direct daarop volgt een lichtflits met even later de bijbehorende flinke klap. Ik voel mijn lichaam zich spannen. Niet dat ik angst heb van onweer, verre van. De tijd van Wodan ligt ver achter ons, en de wetenschap heeft mij duidelijk gemaakt dat bliksem gevaarlijk is, maar alleen als het noodlot het op jou gemunt heeft.

Tijd voor een overleg. Stoppen? Regenkleding?

We zitten in een klim en het is nog maar een klein stukje naar de top van een – onder deze omstandigheden – flinke heuvel. Verstandig lijkt het ons om boven pas te stoppen, te kijken hoe de bui zich ontwikkeld heeft, welke kant wij opgaan en welke kant de bui.

Maar we hoeven niet eens af te stappen als we boven zijn gearriveerd. Beneden in het dal zien we een dorp liggen, en na een kort overleg besluiten we flink aan te zetten om de eerste de beste schuilplaats te pakken. De grote versnelling gaat op en na een tiental meter hoeft er niet meer te worden bijgetrapt. Wij denderen, met dank aan de zwaartekracht, naar beneden, de rem wordt nu in het geheel niet meer gebruikt en dat terwijl er nu wel erg koude druppels op onze ruggen plenzen.

De dreiging van nat worden en de daaraan gerelateerde kou maakt dat ons gevoel van onveiligheid iets ruimer wordt geïnterpreteerd.

Inmiddels is het echt aan het regenen en waar de eerste druppels als koude ijsklontjes aanvoelden op mijn rug, zorgt de hoeveelheid vreemd genoeg dat het koude al snel veranderd in verfrissend koel. Die hoeveelheid zorgt er ook voor dat in no time mijn tenue doornat is.

Maar de hoeveelheid nattigheid bepaalt wel de snelheid van keuze voor welk soort schuilplaats dan ook. Geen bushokje of winkel met een grote luifel te bekennen, alleen een huis met de garage aan de straatkant. De garagedeur, schat ik, is ongeveer een halve meter binnenwaarts geplaatst en voor de deur zie ik een flinke droge strook waar de regen dus blijkbaar niet kan komen. Met dank aan het beetje wind dat er staat. Er rest mij geen andere keuze dan te kiezen voor de paar decimeters; buik inhouden, denk ik dan maar.

Nu ben ik nog niet echt zeiknat. Het kan net. Mede omdat de temperatuur niet onmiddellijk zodanig gedaald is dat een nat shirtje ook koud aanvoelt. Sterker nog, het is zoals al eerder opgemerkt, zelfs wel lekker verkoelend.

We staan er nog maar pas of het komt werkelijk met bakken tegelijk naar beneden.

De weg loopt af richting dorp en al snel is die weg dan ook gevuld met een dun laagje stromend water. Gelukkig loopt de korte oprit naar de garage weer iets omhoog en tot ons genoegen is daar dus blijkbaar over nagedacht. Onze voeten lijken droog te gaan blijven. Met de nadruk op lijken want zienderogen verandert dat dunne laagje stromend water in een soort ondiepe snel stromende beek. Verbaasd kijken we elkaar aan. Het zal toch niet? Het waterpeil nadert nu toch heel langzaam onze schuilplaats, maar dan neemt plotseling de heftige regenval af. Een beetje opgelucht ben ik eigenlijk wel want we hebben ook wel eens achteraf gezien wat een woeste stroom kan doen.

De opeenvolgende donderslagen en lichtflitsen versterken het zielige gevoel dat nu bij mij bovenkomt. Ik voel me langzaam een slachtoffer worden van moeder natuur.

Tijdens de beklimming heb ik toch flink zitten transpireren en in de afdaling door de stress niet gemerkt dat je dan iets afkoelt. En het kleine beetje uitzweten wordt nu snel tenietgedaan door de natte kleding die plakkerig op mijn lijf zit. Ik begin te rillen, tijd om iets anders aan te trekken. Mijn voeten zijn nu nog droog want wat mij het meest tegenstaat bij regen en fietsen, is natte voeten.

Met name de volgende dag is het voor mij supervervelend dat ik die natte schoenen opnieuw moet aantrekken.

Mijn humeur wordt er dus niet beter op. Opgesloten door de nu toch minder heftige, maar wel aanhoudende regenval kunnen we ook nog eens niet anders dan afwachten, en staan we daar als zielige hoopjes mens tegen de garagedeur gedrukt. We hebben al wel besloten dat we, als het een beetje minder wordt, toch nog een uurtje verder zullen fietsen. Ik trek een beetje chagrijnig mijn regenjasje uit mijn tas en probeer in de smalle strook waar het droog blijft, diezelfde jas aan te trekken.

Verdomd lastig. Mijn kleding is nat, dus dan schuift het jasje niet zo gemakkelijk over die kleding, en de opkomende koude maakt mij ongeduldig waardoor het aantrekken nog lastiger lijkt te gaan.

En dan kan het zomaar gebeuren.

Verdorie, gaat dat kloteding nog kapot ook, zal je net zien. De rits. Hij sluit niet meer, ook niet te herstellen, die goedkope teringzooi ook. Waarom wilde ik weer niet zoveel geld uitgeven? Die calvinistische zuinigheid zal altijd wel een deel van mijn leven blijven bepalen, de doctrine op mij losgelaten als kind heeft zijn werk goed gedaan. Helaas.

Alsof de ander mijn humeur ziet veranderen met een beetje vertraging gelijk het weer, begint hij tot overmaat van ramp nog te grijnzen ook. Ik bereid me voor want ik weet het: de pestzak kan het toch niet laten.

'Misschien nog als hoofdkapje gebruiken? Leg hem over je fiets, blijft die in ieder geval droog.'

Ik doe mijn best om hem te negeren en krijg een idee; ik diep mijn toilettas uit de fietstas, zoek en vind een rolletje brede pleister.

Mijn regenjas trek ik recht, aan de binnenzijde rol ik de pleister af op de plek waar ook de rits zit en plak daar in de lengte die ene helft van de pleister.

Ik pak de andere kant van de jas en plak dat nu zorgvuldig op het andere strookje pleister. Wat een gepiel. Ik vervloek de regen, maar vooral de te smalle schuilstrook. Waarom niet even verder gekeken?

Duitsland kent fietswinkels, maar zelden zijn ze voorzien van dergelijke accessoires zoals regenkleding speciaal voor toerfietsers. Weinig kans dus dat op korte termijn mijn probleem zal worden opgelost. Dus ook die wetenschap draagt niet bij aan een beter humeur.

Aan de buitenkant doe ik op een paar plaatsen een stuk pleister dwars over de geïmproviseerde sluiting. Het zit en als ik mijn armen strek om mijn fietshouding min of meer na te bootsen, blijft het zitten.

Ik hoor nu toch iets van bewonderd gegrom naast me, in plaats van een bijdehante opmerking.

Maar nog net geen compliment. Jammer.

De regen is in dan wel in heftigheid afgenomen, maar het wolkendek is egaal donkergrijs, geen spatje blauw te bekennen *en dat betekent dat we, als we doorrijden, de regen in zullen moeten. Het ziet er naar uit dat het langer nat blijft.*

Het zij zo.

Nog heel even, een paar tellen maar en tegen beter weten in, wachten wij op betere tijden, maar uiteindelijk stap ik als eerste op de fiets na de stille beslissing om toch maar door te gaan. Mijn eerste pedaalomwentelingen gaan gepaard met vier gebeurtenissen in een niet geheel onbelangrijke volgorde.

Ten eerste spat het water via mijn voorwiel vol in mijn schoenen wat bijdraagt tot het vergeten van mijn al eerder verfoeide Calvinistische opvoeding en dus komt er een flinke vloek die deze ongewenste verfrissing begeleidt.

Ten tweede vliegt mijn regenjas open omdat de pleister niet voldoende hecht, weg functie.

De regen neemt onmiddellijk bezit van het onbeschermde gebied.

Heel even denk ik eraan om het windjack dan maar te pakken, dat scheelt toch iets.

Maar die gedachte wordt nogal verstoord door gebeurtenis drie: een lichtflits met onmiddellijk een gigantische klap die ons beiden nogal doet schrikken.

We kijken elkaar aan en maken eigenlijk al een beweging om toch nog maar even terug te draaien naar de net verlaten schuilstrook.

In die beweging die plaats vindt op een kruising van wegen kijk ik een straat in en zie aan het einde van die straat een wit gebouw met een torentje dat zich iets verschuilt achter andere huizen met bebossing. We zitten nog steeds aan de buitenkant van dit plaatsje, maar achter die bebossing heb ik duidelijk een H van een woord zien staan, en gok dat het wel eens de H van Hotel zou kunnen zijn.

Gezien de desperate staat van mijn jas in combinatie met mijn humeur denk ik niet lang na, en roep naar mijn vriend om hem te wijzen op mijn ontdekking.

Mijn geestelijke toestand staat niet toe om ook maar enig overleg te plegen, en ik stuur mijn fiets dan ook richting witte muur met de H en het torentje. Laat ik dat als vierde gebeurtenis categoriseren.

De eerste afgelegde meters bieden nog niet veel meer zekerheid, en de twijfel slaat toe of het nu wel verstandig is geweest om die ene goede schuilplaats te verlaten.

Maar ik heb A gezegd.

Het geluk is met ons, althans voorlopig; er staat Hotel op de muur met de naam. Dat blijft dus vier.

Gezien het tijdstip en naar inschatting niet zo toeristische plaats, lijkt het mij bijna zeker dat we hier wel kunnen slapen.

Ik denk totaal niet meer aan de eerder genomen beslissing om nog een uurtje door te gaan.

De hoeveelheid nattigheid die samen gaat met de nodige lichtflitsen en donderslagen in combinatie met mijn niet gelukte pleisterwerk en in aanleg natte, koude voeten, hebben mij dictatoriaal gemaakt.

Het witte gebouw blijkt een boerderij te zijn, vroeger een zeer belangrijke boerderij want het is zo gebouwd dat het een soort burcht lijkt. In de naam van het hotel zit ook 'Schloss' wat de eerste veronderstelling alleen maar meer onderbouwt.

De contouren van een slot of burcht zijn duidelijk te zien als wij om de hoek een binnenplaats op fietsen.

Het onweer met bijbehorende nattigheid heeft er waarschijnlijk voor gezorgd dat iedereen naar binnen is gevlucht want er is niemand te zien. We stoppen bij een deur waarvan wij vermoeden dat het de ingang zou kunnen zijn van het hotel. Ik stap af en ga naar binnen om te vragen of we kunnen overnachten.

De deur sluit vanzelf achter mij en het is maar goed dat ik aan het einde een ruimte zie die verlicht wordt door daglicht want het is een verdomd donkere gang die ik door moet.

Het enige dat is te horen is het geklik van mijn fietsschoenen op de plavuizen.

Mijn hoop is dat er geen obstakels ergens liggen want het is dat ik in de verte die verlichte ruimte zie als oriëntatiepunt; voor de rest zie ik geen steek voor ogen.

En verdomd, ik ga bijna op mijn 'bek'. Een kleine drempel onderweg.

Terwijl ik mij overeind probeer te houden, gaat er een licht aan.

Ik zie niemand, maar wel de bewegingsmelder. Ik stel vast dat het logisch is als je van de andere kant komt. Waarom is er dan ook aan de kant waar ik vandaan kom, geen melder aangebracht?

Door mijn gestruikel kom ik wel sneller in de verlichte ruimte en zie dat de inrichting op niets anders kan duiden dan dat dit de receptie van het hotel is.

En dat we voor het goede om het gebouw heen hadden moeten fietsen om de juiste hoofdingang te hebben, maar het maakt niet uit, ik ben waar ik zijn wil.

Niemand te zien, ook niet als ik even doorloop want om onmiddellijk een klap op het bekende belletje te geven, gaat me nog te ver. Stel dat er iemand net om die ene hoek bezig is. Maar neen, niemand, en mij rest dan, nu wel, de bel. En ik mag een tweede keer. Maar neen, nog steeds geen reactie waardoor ik mij genoodzaakt voel om door te lopen en verder te zoeken. Dan zie ik de oorzaak van mijn nutteloze bellen.

Ik kom weer buiten te staan, maar dan beschermd door een gigantische grote en naar zich laat aanzien, stevige tent, die ze hebben ingericht als restaurant. Het is duidelijk dat de tent de ruimte creëert die blijkbaar nodig is. Want het woord tent doet eigenlijk de kwaliteit van de geschapen ruimte tekort. Duidelijk bedoeld om zich ook in de winter te handhaven. Maar mijn aanname dat deze tent ook in de winter gebruikt zal worden, wordt dan weer in twijfel getrokken door hetgeen ik zie. Een aantal mensen is flink aan het werk om een vloer watervrij te maken.

Ik weet niet wat ik hier nog meer van moet denken. Het ziet er in ieder geval niet bemoedigend uit.

Lekkage minstens. En niet zo weinig ook.

Dan word ik opgemerkt door een jongeman, zodanig in zwart en wit gekleed dat het voor mij duidelijk is dat hij een levend onderdeel van het interieur is.

Hij excuseert zich en vertelt mij dat zij zijn overvallen door de regenbui, niemand had het aan zien komen. Ik moet denken aan onze fietsdag waarbij wij een halve dag ons best hebben gedaan de donkere wolken te mijden, en hij zegt vrolijk dat ze het niet hebben zien aankomen!

Dan realiseer ik mij ook dat we in een heuvelachtig gebied fietsen, en dit dorp onder aan een heuvel ligt. Mogelijk heeft de goede man gelijk: niets gezien, maar doof zijn ze in ieder geval wel. Hij doet mij zijn verhaal over te laat de tent sluiten, de hele dag mooi weer, gehoopt op een mooie avond met veel gasten. Het stelt mij weer wel gerust, lekkage maar niet door het dak. Dan vraagt hij wat ik kom doen. Dat hij daar ook nog aan denkt. Als hij mijn vraag hoort: 'Zimmer für zwei,' fronst hij zijn wenkbrauwen dat leidt tot rimpels in zijn voorhoofd die zijn toch wel jeugdige gezicht meer leeftijd geven. Het jonge broekie is dus toch iets ouder blijkbaar.

Ze blijken niet zoveel kamers te hebben en wat er is, is bezet, helaas. Nogmaals bekijkt hij mij van top tot teen wat ik overigens niet eens als naar ervaar. Het is voor mij duidelijk dat hij een inschatting maakt.

'Maar,' zegt hij en die gedachte van die inschatting lijkt te kloppen als hij de zin volledig uitspreekt.

'Maar, er is daar nog de bruidssuite, alleen wel een tweepersoonsbed.'

Nu ben ik een en al oor.

Hij moet er zelf bij lachen als hij het laatste woord uitspreekt, maar wederom neemt hij mij nog eens nauwkeurig op, ziet hopelijk mijn druilerige uiterlijk en voelt heel misschien wel mijn natte koude voeten.

Hij schudt meewarig zijn hoofd en zegt dat hij wel iets kan doen. Zijn wenkbrauwen gaan een beetje omhoog en hij zet zijn meest olijke gezicht op; geen gezicht en ik ontdooi, ik moet lachen. Wat de bruidssuite ook mag kosten, ik neem hem. Wat een manneke.

Maar mijn besluit om alles te nemen wat er wordt aangeboden ongeacht de prijs, daar hoef ik me niet eens druk over te maken. Ik moet, naast het flauwe lachen van een tel geleden, in combinatie met mijn humeur, een vreselijke desperate verschijning zijn want hij zal voor deze ene keer gewoon een tweepersoonskamer rekenen. Wat een pleister en een open regenjas al niet doen. Hij moest eens weten.

Ik vertel hem dan ook heel vlug dat ik het erg aardig van hem vind en bedank hem hartelijk.

Op mijn vraag waar wij de fietsen kunnen zetten, antwoordt hij mij dat hij even mee zal lopen. Zoals gezegd, het is een hele aardige jongen die maar niet uitgepraat raakt en onderweg, ook door de nu wel goed verlichte gang, nog een voor hem belangrijke vraag heeft.

Ik versta niet alles en knik zo nu en dan maar om hem niet alles twee keer te moeten laten vertellen. En om ook niet te laten merken dat mijn Duits minder goed is dan dat hij het blijkbaar inschat.

Ondertussen heb ik hem wel verteld dat de fietsen op de binnenplaats staan, maar dat komt goed uit want daar is ook de schuur waar we die dingen weg kunnen zetten.

En dan zijn vraag. Of ik ook getrouwd ben. Ik knik. Hij opent de deur en terwijl hij die handeling uitvoert, zegt hij dat hij benieuwd is wat mijn vrouw er wel niet van zal vinden als ze vannacht in de bruidssuite mag slapen.

Voordat ik daar antwoord op kan geven, wordt hij geconfronteerd met een andere, totaal verregende persoon, want die heeft al die tijd buiten staan wachten.

De jongeman kijkt mij aan, kijkt naar mijn vriend, kijkt nog een keer naar mij en vervalt dan in excuses. Ik moet echter vreselijk lachen, zijn uitdrukking toen hij mijn fietsmaat en niet mijn vrouw zag staan. Maar hij gaat maar door met excuus maken, als hij dat had geweten, de bruidssuite, maar hij heeft echt niets anders en hij blijft maar stamelen hoe vervelend hij het vindt voor ons dat wij in de bruidssuite moeten slapen.

Uiteindelijk kan ik ertussen komen en druk hem op het hart dat wij wel meer in een tweepersoonsbed hebben moeten slapen en dat deze iets smaller is, ach, dat doorstaan we wel.

En dan zijn antwoord, nogmaals op een verontschuldigende manier: het bed is niet smaller, neen, zeker niet, eerder iets breder maar … het is een hemelbed.

HOOFDSTUK 18

Tussen Hemel en Aarde

Een hemelbed, mijn hemel. Of het helpt?

De slaap komt maar niet en iedere keer als ik mij omdraai, zie ik mijn vriend opveren. Slapen in één bed tot hier aan toe, maar één matras met springvering is alsof je op een trampoline ligt te slapen. Probeert te slapen. Dus mijzelf in slaap woelen is er al helemaal niet bij. Ik staar tegen het hemelgedeelte van het bed en lig te denken. We zijn bijna thuis en de gezochte confrontatie met het verleden is eigenlijk best goed verlopen. In dat hotelletje in Italië lag ik ook weleens zo te staren. Ik had toch niets anders te doen.

Na twee keer door het stadje te hebben gewandeld, even zovele keren voor een groentekraam te hebben gestaan om je af te vragen of je niet iets gezonds naar binnen moest werken, ging ik dan maar op bed liggen. Om in de ochtend al aan de Vino Rosso te beginnen, ging mij wel iets te ver. Alhoewel ik niet zou zijn opgevallen tussen de lokale gebruikers.

Ik tast met mijn hand de ruimte naast het bed af. Al snel stoot ik tegen de daar klaargezette bidon en neem een slokje water. Die bidon, dat was wel een dingetje.

Bizarre gebeurtenis als je erover na gaat denken.

Ik had op mijn kamer in dat hotelletje in Italië mijn twee lege bidons op een plank net naast de wastafel gezet. Toen ik terugkwam van mijn allereerste wandeling, lag er een bidon omver. Hoewel ik wist deze goed te hebben neergezet, zette ik alles weer terug op zijn plek zonder er verder enige aandacht aan te besteden. Routinematig controleerde ik het oppervlak. Glad. Dat was voor zover ik weet het enige dat ik deed.

Het enige, ja. Wat moest ik verder. Op bed liggen, naar de tijd kijken die maar niet opschoot. Denken? Waarover zou ik echt niet meer weten, maar kan ik me wel voorstellen. Televisie.

Zenders genoeg maar Italiaans en een enkele Duitssprekende maar de concentratie opbrengen om te ontwarren wat er werd gezegd, was er niet. Dan maar weer opstaan en naar beneden. Misschien moest ik toch maar een lokaal gekweekte tomaat kopen of zo. En dan stond ik maar weer eens buiten, besluiteloos. Links- of rechtsaf? Maar in de namiddag was ik weer terug op mijn kamer. En weer lag er een bidon om. Zou er iemand op mijn kamer zijn geweest?

Na lang aarzelen – wantrouwen of bijgeloof zit niet zo in mijn aard – ging ik toch op onderzoek uit. Na controle had ik, gelukkig maar en voor zover ik het wist, alles nog, en zeker de spullen van waarde. Zonder een verklaarbare reden te hebben gevonden, zette ik de bidons toch maar op de brede vensterbank. Even liggen, weer opstaan, naar beneden, een restaurantje opzoeken, eten, tijd rekken, Vino Rosso om de lange, lange dag vaarwel te zeggen en naar bed.

De volgende dag voor het verlaten van de kamer, inspecteerde ik die hoe ik alles had weggezet en afgesloten. Waarom eigenlijk? Ik was in Italië, zou dat het zijn? Zou paranoïde gedrag onderdeel kunnen zijn van het vooroordeel over Italianen of zaken die door mijn hoofd spookten in die tijd, op dat moment, in die situatie. Ik sloot de deur achter mij, begaf me naar beneden en direct naar buiten.

Het was mooi weer dus eens kijken of ik een straatje kon vinden waar ik nog niet geweest was. Ontbijten had gekund, maar liever de tijd buiten doden, en een lokale bakker ondersteunen in zijn strijd om het bestaan.

Na wederom de directe omgeving aan een grondige controle te hebben onderworpen, kwam ik op mijn kamer terug en... weer lag die verdomde bidon om.

Dat onverklaarbare gedoe met die bidons bracht in die tijd andere gedachtestromen op gang.

Ook nu weer. Ik moet ineens weer denken aan het gesprek over die reanimatie die ochtend voor het ongeval. Waarom was hij daar over begonnen?

Tijdens die vroege ochtend zelf was het niet zo vreemd, op dat moment was het niets meer dan een gespreksonderwerp. Maar even later geschept worden door een auto, en hem door de lucht te zien gaan? Tot het moment dat ik hem op het asfalt stil zag liggen, stond ik daar als bevroren, en weet ik dat het een tijdje duurde voordat ik in beweging kwam. Geen idee of dat een kort of lang durend moment was geweest, maar toch. Daarna liep ik snel naar de plaats waar hij lag. Nog eens loop ik de gebeurtenis na in mijn gedachten met de daarbij behorende beelden. Weer vraag ik me af of ik oog heb gehad voor mijn eigen veiligheid.

Want al snel stond ik naast hem en herkende ik de symptomen van overlijden – dacht op dat moment echt aan het gesprek dat we nog maar kort daarvoor hadden gevoerd. Een paar seconden, meer niet.

Ondanks de belofte die nog zo vers in het geheugen stond gekerfd, knielde ik naast zijn inmiddels levenloze lichaam, en begon de eerste handelingen te verrichten om te gaan reanimeren. Was het een beslissing van mijzelf geweest? Nu nog bemerk ik bij mijzelf de verwarring over de beslissing van dat moment. Het zien van het overlijden, en toch levensreddende handelingen gaan verrichten.

Hoe anders was dat vroeger in mijn werk als verpleegkundige. In het dossier stond 'niet reanimeren' en deed zich zo'n situatie voor dan stond ik erbij en keek er naar. Emoties? In de meeste gevallen niet. Hoewel? Nu ik erover na lig te denken, kan ik mij ook hier weer een aantal mensen goed voor de geest halen Dat die beelden je toch bijblijven? Tja, het waren toch ook vaders of moeders, geliefden.

En met die beelden, geen storende gevoelens. Heel rationeel lig ik te denken, realiseer ik mij.

Mijn gedachten gaan vanzelf weer terug naar het moment van reanimeren van Rinus. Het moment waarom ik stopte. Weer komt dat gevoel in mijn herinnering boven dat meerdere ribben waren gebroken. Verbaasd was ik niet, weet ik nog wel, maar dat knisperende gevoel onder mijn handen was echter vreselijk. Ik voelde het kraken. Nu ik hier zo lig te denken, realiseer ik me dat ik in mijn werk als verpleegkundige wel ergere dingen heb meegemaakt. Maar toen en daar? Dat was allemaal toch wel anders, of niet? Dit kwam dichterbij en toch …

Op dat moment passeerde er ook nog eens een auto, zeer langzaam rijdend. En ja, ook dat gebeuren was voor mij wederom gemakkelijk terug te halen. Die blik van die bestuurder. Een blik waarvan ik me nu afvaag hoeveel van mijn eigen gevoelens ik geprojecteerd had in die waarneming.

Maar al was het een interpretatie, zo'n duidelijke uitdrukking van schrik en afschuw had ik nog nooit gezien. Grote, pikzwarte ogen. Ik zie ze nu nog zo duidelijk voor me, zo dicht passeerde hij mij. Waarom kan ik mij dat zo goed terughalen? Pikzwarte ogen, ze bestaan niet eens, maar het is dat beeld. Tegelijk moet ik denken aan het probleem van de politie in Nederland waar langzaam rijdende automobilisten zoiets zouden filmen. Ik realiseer me dan terdege, terugdenkend aan de situatie waarin ik mij bevond, dat ik zeer verontwaardigd zou zijn geweest als die man aan het filmen zou zijn geweest. Hieraan denkend kan ik dan ook weinig waardering opbrengen voor dat soort mensen.

Ik draai me om, toch maar. Wordt hij wakker van mijn onrust? En weer neem ik een slokje uit die bidon. Weer die bidon … En dat gesprek. Het houdt niet op ondanks mijn pogingen om mijn gedachten op een ander spoor te brengen. Waarom spelen die gedachten met mij en waarom kan ik niet slapen?

En dan was daar de man met de camera. Die bracht me terug op de echte wereld uit een wereld waarin ik verdwaald was. Iemand met een camera. Liep op de weg het gebeuren te filmen. Maakte beelden van de auto met de ingedeukte motorkap. In mijn ooghoek zag ik hem ook een beeld maken van de weg en omgeving. Maar al te goed weet ik nog dat op dat moment ik niet anders kon dan concluderen dat de politie ter plaatse gebruik maakte van camerabeelden om de situatie van het ongeval duidelijk in beeld te brengen. Dan zie ik plotseling om me heen een buitengewoon grote vlinder fladderen. Hij was daar plotseling, vanuit het niets. Een vlinder, uitzonderlijk groot. Nog nooit had ik een grotere vlinder gezien en dat op deze hoogte. Al even vreemd. Ik weet nog wel dat ik zeer verbaasd was. Hij fladderde namelijk om mijn hoofd heen, vloog over de weg en ging toen tegen een uitstulping van de rotswand zitten. In de zon, vleugels gespreid. Schitterend om te zien.

En dan … Het onbeschrijfelijke, het o zo onwaarschijnlijke gebeurde.

Het was alsof de vlinder tegen mij zei: 'Kom dan, hier ben ik, raak me aan.' Zo vreemd. Ik werd overspoeld door allerlei vreemde gedachten.

Ik probeerde mijzelf rationeel te laten denken, empirisch haast, schudde echt letterlijk een paar keer met mijn hoofd. Het lukte niet. Waar was de nuchtere Zeeuw in mij? Het is cliché, maar de vlinder werkte als een magneet. Zonder nadenken zette ik mij in beweging, wilde de straat oversteken om naar die vlinder te gaan. Maar dan voelde ik handen die mij tegenhielden, gelukkig maar want anders was ik zonder te kijken de weg overgestoken. Het moet een vreemde indruk hebben gegeven bij de anderen. Dan is misschien de beeldvorming over mij en het in shock verkeren, niet zo vreemd.

Tot op de dag van vandaag ontken ik dat ik in shock was, maar waarom wilde ik dan achter een vlinder aan die nota bene iets leek te zeggen? Toch niet vreemd dat anderen dat 'als in shock' noemen.

Achteraf misschien toch wel waar dat Maria later tegen mij vertelde dat ik in shock was. Want Maria kende mijn ervaring met de vlinder niet. Zo verstandig was ik dan toch nog wel.

Misschien was het dus wel waar, maar in mijn beleving had ik echt alles onder controle.

Op dat moment verscheen er ook nog eens een microfoon onder mijn neus en keek ik in een camera.

De vlinder verdween naar de achtergrond.

Ik weet nog dat er een vraag werd gesteld, en dat ik die vraag blijkbaar begreep omdat ik er ook antwoord op gaf. Maar tot op de dag van vandaag weet ik nog steeds niet of de vraag in het

Engels of Duits werd gesteld. Wat ik wel dacht, was dat de politie was begonnen met mij te ondervragen.

In mijn ooghoek zag ik ook dat de andere helft van de weg weer werd vrijgegeven voor het verkeer. De auto van de aanrijding en zijn bestuurder verdween uit mijn zicht.

Mij achterlatend met een paar tegen elkaar schreeuwende agenten, omstanders die zich om mij heen hadden verzameld, een microfoon en een camera.

Daar was dan wederom Maria. Resoluut duwde zij de man met de camera weg, en andere omstanders verwijderden de man met de microfoon uit mijn omgeving. Ik begreep er helemaal niets meer van. Dat kan zomaar? Politie wegduwen die onderzoek doet? Wat mij nu nog voor de geest staat, is dat ik sinds lange tijd even niet meer wist wat te doen. Mensen die mij kennen, weten dat ik altijd rustig blijf, zeker onder stressvolle omstandigheden. Maar nu was er echt een moment toch dat ik bezig was alle controle over mijzelf te verliezen. De man met de microfoon drong zich toch weer verder op, ondanks de tegenwerking van Maria en een paar omstanders. Terwijl ik bezig was met een vlinder, met twee fietsen die daar stonden die de berg af moesten, naar welk ziekenhuis Rinus gebracht werd en vooral ... de familie. Hoe ga ik dat doen?

En dan drong tot me door dat Maria tegen mij stond te schreeuwen om niets meer te zeggen. Intussen ook nog eens de man met de microfoon steeds maar wegduwend.

Later vertelde ze mij dat het een lokale omroep was die altijd op zoek was naar sensationeel nieuws. Het eerste dat in mij opkwam, was dat het mij deed denken aan het Nederlandse programma Hart van Nederland.

Ik besef nu als geen ander dat op een dergelijke manier een programma maken ten koste gaat van mensen. Of ik nu wel of niet in shock was, in ieder geval was ik niet met mijn gedachten bezig met een interview, dus dan kun je al snel totaal verkeerde dingen zeggen.

Hoe pijnlijk zou dat kunnen zijn.

Niet dat ik al vaak keek, maar vanaf die dag heb ik nooit meer één minuut naar Hart van Nederland gekeken.

Maar iemand had dus Maria gebeld en zij was gekomen. Helemaal vrijblijvend. Ik waagde het niet haar iets aan te bieden. Deze vrouw heeft mij al die dagen vergezeld op de momenten dat er iets van mij werd gevraagd. Ziekenhuisbezoeken met en zonder de familie, afspraken bij de politie en 's avonds even komen vragen of er nog iets was waarmee ze kon helpen.

Zoals al eerder gezegd, alsof er een engel gestuurd was.

Die bidon, de vlinder en Maria.

Al die dingen die nu door mijn hoofd spoken zijn al jaren op zoek naar een verklaring. Of toch niet?

Soms is er meer tussen hemel en aarde?

Waarom lig ik eigenlijk vannacht in een hemelbed?

HOOFDSTUK 19

Naar huis

Dit jaar is het voor de tweede keer dat we voor het vertrekpunt van de terugreis hebben gekozen voor Augsburg. In voorgaande jaren was dat steevast München geweest. Het heeft voor ons een aantal voordelen om nu te kiezen voor Augsburg. Dat zijn onder andere de vertrektijd en de afsluiting van de laatste dag. De trein vanuit Augsburg vertrekt een uur later dan vanuit München wat ook logisch is. München is het station van vertrek en de volgende stop is Augsburg. Dat geeft aanzienlijk meer lucht om rustig ergens lekker te eten. En om over dat eten nog even door te gaan; in de directe omgeving van dit station zijn ook de mogelijkheden om rustig en lekker te eten veel prettiger.

In en rond het station van München zijn de eetgelegenheden voornamelijk fastfoodketens, dönnerzaakjes of vergelijkbaar, en er loopt een flink aantal daklozen en verslaafden rond. Deze groepen veroorzaken vanuit onze optiek niet veel overlast, maar het geeft geen veilig gevoel als je de fiets met bagage moet wegzetten. Altijd zodanig wegzetten dat ze in het zicht blijven staan en dat is 's avonds sowieso al lastig. Maar als je ook nog eens aan het eten bent? We hadden weliswaar een goede eetgelegenheid aan de rand van München ontdekt, maar na het eten moesten we nog zeker een half uur fietsen om bij het station te komen. Door het drukke stadsverkeer en dat in het donker.

Een andere reden die van meer invloed is geweest op onze beslissing om voor Augsburg te kiezen, is dat wij een ontdekking hebben gedaan als het gaat om de uitwendige mens.

Na een dag fietsen is het wel zo fijn om te kunnen omkleden alvorens te gaan eten. De hele dag transpireren geeft de kleding, die weliswaar gemaakt is om transpiratievocht snel te laten vervliegen, toch niet de geur die een aantrekkingskracht heeft op andere mensen. Althans, ik ken dat soort fetisjisten niet, nog niet.

In München opstappen, betekende dat we ons na een dag fietsen moesten opfrissen met behulp van een kraantje dat midden in een park was aangelegd waarvan door inwoners druk gebruik werd gemaakt. Waarom er juist in dat park een klein fonteintje was aangelegd? Waarschijnlijk om de gezonde beweger wat langer aan het park te binden. Bij gebrek aan wat anders was het voor ons een uitkomst. Maar het betekende wel altijd stress. Omkleden, fietskleding wisselen voor gewone kleding. Snel van broek wisselen was een spannende bezigheid. Het was tenslotte in een park waar bij goed weer ondanks het late tijdstip nogal wat mensen het genoemde fonteintje passeerden. Al die mensen, stel je voor dat er iemand tussen zou zitten die jou kent. Het park is niet de tuin van Eden dus zijn schaamtegevoelens geoorloofd en in die situatie verdomd lastig ook.

Even buiten Augsburg hadden wij aan de rand van de stad een kleine open plek in een bos ontdekt waar een mooi beekje langs stroomde met zeer helder water waarin wij ons goed konden wassen.

Een aangrenzend grasveldje gaf bij het wisselen van kleding weliswaar aanleiding tot enkele angstige blikken, maar de afgelegenheid zorgde voor beduidend minder kans om mensen te laten passeren die jou zouden kunnen kennen. Het bos was overduidelijk als stadspark in gebruik maar de grootte was zodanig dat zeker aan de buitenkant van het bos annex park er beduidend minder mensen het zo ver weg zochten. Deze ontdekking leidde de eerste keer tot de vaststelling dat we zeer relaxed de stad waren binnengereden, een goed restaurant konden vinden en in alle rust daar hadden gezeten omdat we daarvoor ook alle tijd hadden. Lekker eten met een goed glas wijn. Maar zo ver was het nu nog lang niet. Eerst maar eens een frisse duik in het toch wel zeer koude water van de beek. Bij de eerste keer kwamen er praktisch geen mensen voorbij en konden wij ons een wat langere nudistische uitspatting veroorloven in vergelijking met München. Als we het met elkaar over die eerste keer in de beek hebben, kunnen we daar nog vrolijk van worden. De voornaamste reden om deze vorm van afsluiten in ere te houden is niet alleen dat plezier dat we hadden om ons puberale gedrag, maar toch ook vooral de rust. In alle rust in adamskostuum de beek in met het o zo snel stromend en veel te koude water waardoor het adamkostuum al snel dreigde te worden vervangen door een vorm van evakleding. Maar verder heerlijk opfrissen met uiteraard biologisch snel afbreekbare zeep, en aankleden in een tempo naar keuze. Geen last meer van geurtjes.

Het is toch nog wel even zoeken, nou ja, even. We rijden zeker wel een half uur rond voordat we de plek weer vinden waar 'onze' beek zich door dit bosrijke landschap slingert. We herkennen eigenlijk de plaats waar we willen zijn aan het grasveld; de beek is vanaf het fietspad niet te zien. Toch weet ik vrijwel zeker dat we deze plek reeds twee keer zijn gepasseerd. Geheugen blijkt toch niet altijd betrouwbaar is mijn gevolgtrekking.

Wat ervoor heeft gezorgd dat we uiteindelijk de plek hebben gevonden, heeft alles te maken met iets waar we geen rekening mee hebben gehouden. Op deze prachtige, zonnige middag heeft namelijk een jonge vrouw 'onze' plek uitgekozen om heerlijk te gaan zonnebaden. En laat nu deze jonge vrouw de reden zijn dat we ontdekken waar we willen zijn. Niet een boom, een graspol of een brandnetel, neen, een jonge, schaarsgeklede vrouw. Wat zegt dat over ons? Ik sta er niet te lang bij stil, te confronterend. Maar het is wel een teleurstelling en een kort moment van besluiteloosheid neemt bezit van ons. Wat nu? Twee mannen op leeftijd kunnen moeilijk onder de ogen van deze jonge dame de imitatie opvoeren van een dagje uit in een Romeins badhuis. De besluiteloosheid gaat over in een kort overleg dat in eerste instantie niets oplevert. Maar dan is daar toch een grandioos idee. Als we nu al naar de stad rijden, dan is daar vast een winkel of iets vergelijkbaars te vinden waar we wat eten en drinken kunnen inslaan. Niet alleen voor straks bij de ruisende beek, maar ook voor later in de trein. Tenslotte moeten we een goed slaapmiddel hebben om die nacht in die trein door te komen. En gelukkig zijn we eigenlijk toch nog veel te vroeg. Dus besluiten we om te gaan met als opdracht de route goed in ons op te nemen om nu wel die plek snel te kunnen terugvinden. Het is in ieder geval mooi weer wat de stemming erin houdt, maar een beetje minder zon had ons dit uitstapje misschien bespaard.

Bepakt met drank, toast en vis arriveren we een uurtje later weer bij ons thermen. Helaas, de jongedame weet van geen wijken, en aanbidt de zon nog even hard als wij dat ding thans vervloeken. Zij heeft echter niet gerekend op de uitgekookte wegwerkmethode van deze twee heren die plotseling weinig hebben met de betekenis van 'heren'. Deze heren hebben namelijk onderweg al besproken dat de mogelijkheid blijft bestaan dat deze jonge vrouw er nog steeds zou kunnen zijn.

Uit onze voorgenomen werkmethode is naar voren gekomen om hier iets aan te doen met medewerking van het parkbeheer. Zij heeft gezorgd dat er een bankje staat met uitzicht op het grasveldje ... en dus ook op de jongedame.

We zoeken het speciaal voor deze gelegenheid voor ons daar neergezette bankje op, en moeten concluderen dat wij vanuit deze positie schaamteloos kunnen kijken naar al dat natuurschoon voor ons. De stromende beek kabbelend lang zijn oever, het groene lover dat gedeeltelijk de beek aan het zicht onttrekt en het wuivende gras daar waar het mag uitgroeien. Met de zon schuin over de graspluimen is duidelijk te zien dat er van gebrek aan vliegende insecten geen sprake is. Een mooi gezicht. Een kleine tegenvaller is misschien het feit dat wij alsnog een kleine aanval moeten doen op onze voorraad slaapmiddelen als ons plan in tijd uitloopt. Maar dat zien we dan wel weer. Dus samen met een kartonnen bekertje wijn en wat provisorisch gemaakte hapjes, genieten wij beiden van het uitzicht. Dat het Greenpeace bekorende tafereel verstoord wordt door een menswezen dat eveneens geniet van het gebodene ervaren wij als bijkomstigheid en, voor alle duidelijkheid, zonder erotische bijbedoelingen. Want een kleine restje eerbaarheid voor anderen is bij ons zeker aanwezig, alleen...weet de jongedame in kwestie dat ook? Meer dan waarschijnlijk niet maar is dat ook niet onze bedoeling?

Dus hoe lang gaat deze jongedame onze blikken verdragen? Zij zal waarschijnlijk, waar wij ook op speculeren, onze blikken als zeer ongewenst opvatten en, hopelijk voor ons, ook zo ervaren. Wat een stelletje bejaarde pubers. Hoe schaamteloos eigenlijk. En onze opzet slaagt. Binnen het kwartier vertrekt ze. Een high five is op zijn plaats … of eigenlijk niet? Waarom hebben we plezier om deze ongein? Want zo kwalificeer ik het voor mezelf wel.

En toch doen, tegen je geweten in. Wat verlaagt mij tot dit gedrag? Waar is onze moraal gebleven? Beiden weten we dat het eigenlijk gedrag is dat we van een ander zouden afkeuren. Maar ja, had ze maar niet op 'ons plekje' moeten gaan liggen. Daarmee verantwoord ik mijn overwinning op mijn innerlijke strijd die eigenlijk niet eens een echte strijd genoemd mag worden. En zo sus ik voorlopig mijn geweten. Het hele voorval is trouwens al snel vergeten wanneer wij geheel ontkleed het zeer koude water over onze lichamen laten spoelen. Niet te lang want het is echt verdomd koud, mede omdat de zon zijn werk uitstekend doet. Al snel liggen we dan ook te genieten van zon, drank en eten. Op ons eigen plekje.

Zo, we zijn gewassen en de transpiratiegeur drijft mee met het snel wegstromende water. Er is nog wat tijd. Ik zie mijn vriend wegsoezen, maar voor mij is het al snel ter plekke veel te warm. Ik zoek de schaduw op, en kom weer terecht op het bankje. Met zicht op de zonaanbidder die van mijn blikken geen enkele hinder ondervindt. Ik hang een beetje op de bank, en vervloek de beker waarin nog een restje wijn zit. Het zal wel de beleving zijn, maar geef mij maar wijn uit een glas. Want of het echt die beker is? De wijn is lauw en daar kan dat in bekervorm gekneed karton niets aan doen. Misschien spelen er meerdere factoren een rol in mijn langzaam omslaand humeur. De hitte, het einde van een fietsvakantie, mijn slechte geweten over de MeToo-actie. Wat kan ik er nog meer bij halen?

Al snel passeren dan de afgelopen dagen de revue. Heeft deze vakantie antwoord gegeven op mijn vraag of ik het ongeval nog

moest verwerken? Wederom bekruipt mij een schuldgevoel omdat ik nog steeds geen enkele diepere emotie bij mijzelf bespeur
wanneer ik alles weer overdenk. Wat is dat toch? Het blijft maar
aan mij knagen. Ondanks een goed gesprek afgelopen ochtend.

De telefoon wekte ons zoals iedere morgen met een ingestelde
gouwe ouwe. Maar om een of andere onverklaarbare reden waren wij beiden voor die tijd al wakker, en lagen vanuit een hemelbed te wachten op de wekmuziek. Ik greep de gelegenheid
aan om te vragen naar zijn beleving over het gebeuren en dat ik
van tevoren niets had verteld over mijn plan om te ontdekken
waarom ik voor mijn gevoel zo koeltjes kon reageren als het ongeval ter sprake kwam.

Ook hier lag een schuldgevoel aan ten grondslag, maar anders,
dat wel. Zoiets vertel je toch een goede vriend? Dat schuldgevoel
werd er niet minder om. Want inderdaad, hij had het liever van
tevoren geweten. Niet zozeer om eventueel mij op te kunnen
vangen, mocht ik om welke reden dan ook een zwak moment
kennen of, sterker nog, instorten. Het sterkte mij dat hij aangaf,
als hij was ingelicht, daarvoor niet eens zo bang zou zijn geweest.
Het was meer dat hij zich dan had kunnen voorbereiden op eventuele emoties die er toch zouden kunnen komen. Daarop had hij
zich wel willen instellen. Preventief.

Maar het was goed zo, achteraf vastgesteld, dat wel. Ik had hem
ook mijn vraag gesteld die mij zo had beziggehouden de laatste
jaren. Waarom ben ik toch zo gemakkelijk over de gebeurtenis
heen gestapt? Ik heb alles zien gebeuren, ben eenzaam geweest in
de eerste uren na het gebeuren, heb de familie opgevangen toen
zij ter identificatie waren gekomen, en ben aan het werk gegaan
na die vakantie zonder dat mijn functioneren ter discussie heeft
gestaan, integendeel. En toen was daar zijn simpele opmerking –
althans voor mij – zo eenvoudig dat het mij totaal was ontgaan.
En dat is dan gelijk de les voor mij die ik hieruit moet trekken:
ik had eerst vooraf al hem aan moeten geven wat mijn bedoeling
was en het waarom, en vooral dat laatste. Dan was de extra lus
fietsen in het geheel niet nodig geweest. De teleurstelling van

het niet herkend worden door demensen van het hotel had voorkomen kunnen worden.

Mijn eigen antwoord op de vraag waarom ik blijkbaar geen problemen had gekend met betrekking tot de verwerking van het gebeuren, was dus zo voor de hand liggend dat het juist daarom niet bij mij opgekomen was. 'Niet iedereen maakt mee wat jij hebt meegemaakt,', zei hij slechts. Zo simpel eigenlijk. Mijn overpeinzingen over al mijn levenservaringen en de daarbij meegekregen levenslessen, maakten mij duidelijk dat verwerkingsprocessen al eerder hadden plaatsgevonden. Elke traumatische ervaring is er een teveel. En als je de eerste of de tweede al niet kan verwerken, zal dat een gedrag tot gevolg hebben die vraagt om hulpverlening in welke vorm dan ook. Of degene die het ervaart, komt er niet doorheen en in het ergste geval ontwikkelt hij misschien zelfs wel een psychiatrisch ziektebeeld. In mijn geval heb ik de ervaring van het ongeval in mij opgenomen, mijn eerder opgedane ervaringen met verwerken aan het werk gezet met als gevolg dit resultaat. En of het nou verwerking of verdringing is, het zijn allebei mechanismen die in mijn geval prima functioneren. Ik heb er altijd gemakkelijk over kunnen praten, kan de beelden weer oproepen zonder emotioneel te worden, en dromen over het gebeuren heb ik nog nooit gedaan. Moet ik mijzelf een koele kikker noemen? Dat wil ik in ieder geval niet geloven. Er zijn toch echt wel momenten dat ik emotioneel kan zijn.

Onmiskenbaar is de opvoeding en omgeving waarin dat heeft plaatsgevonden mede verantwoordelijk voor mijn gedrag. En kan daar alleen maar dankbaar voor zijn.

Natuurlijk. Ik kon me op dat moment wel voor mijn kop slaan. Met al mijn boekenkennis had ik dit niet doorgrond bij mijzelf. Stom. Mijn referentiekader: opvoeding, omgeving, ervaringen en opleidingen maken wie ik ben, hoe ik denk.

Er viel mij die ochtend best wel een zekere last van de schouders. Al die tijd heb ik met een soort van schuldgevoel rondgelopen dat ik zo 'nuchter' over die gebeurtenis was heen gestapt. Iedereen in mijn omgeving die het verhaal hoorde, was ontdaan …

voor mij. En ik maar denken dat ik voor de buitenwereld wel een koude kikker moest zijn of een te nuchtere Zeeuw. Ik ben wie ik ben. Het is nu eenmaal de aard van 't beestje.

Ik sla mijn handen op de bank en sta op. Dit was het dan.

FUR AUTOREN A HEART FOR AUTHORS À L'ÉCOUTE DES AUTEURS MIA ΚΑΡΔΙΑ ΓΙΑ ΣΥΓΓΡ
FOR FÖRFATTARE UN CORAZÓN POR LOS AUTORES YAZARLARIMIZA GÖNÜL VERELIM SZÍ
AUTORI ET HJERTE FOR FORFATTERE EEN HART VOOR SCHRIJVERS TEMOS OS AUTO
ZOINKERT SERCE DLA AUTORÓW EIN HERZ FÜR AUTOREN A HEART FOR AUTHORS À L'ÉCOU
ВСЕЙ ДУШОЙ К АВТОРАМ ETT HJÄRTA FÖR FÖRFATTARE Á LA ESCUCHA DE LOS AUTOR
ΜΙΑ ΚΑΡΔΙΑ ΓΙΑ ΣΥΓΓΡΑΦΕΙΣ UN CUORE PER AUTORI ET HJERTE FOR FORFATTERE EEN H
ERZÖINKÉRT SERCE DLA AUTORÓW EIN HERZ FÜR
ORAÇAO ВСЕЙ ДУШОЙ К АВТОРАМ ETT HJÄRTA FÖF

De auteur

Adri Smits is geboren op het platteland in Zeeland.
Zijn opvoeding heeft een groot deel van zijn
persoonlijkheid bepaald en hem beslist bespat met
het calvinisme, in al zijn vormen. Na de middelbare
school vertrok hij uit Zeeland voor de opleidingen
verpleegkundige, verpleegkundig docent en
pedagogiek.
Smits genoot een gevarieerde carrière in de
gezondheidszorg en het onderwijs. Tijdens die jaren
in het onderwijs was hij een vaste criticaster op het
blog van het schoolbestuur en vaste columnist in een
nieuwsbrief van de afdeling waaraan hij leiding gaf.
Deze twee vormen van schrijven, samen met het
aandringen van zijn directe omgeving, motiveerden
hem een boek te gaan schrijven.
Inmiddels verschenen van zijn hand een deels
autobiografische roman en twee verhalen- en
gedichtenbundels. Veel was al geschreven toen de
typmachine nog een kostbaar bezit was, maar later
herschreven zodat stijl en vormgeving passen in de
tijd van nu.